Heike Wanner

Schokohasenküsse

Ein Frühlingsroman

Bibliografische Information der Deutschen Nationalbibliothek:
Die Deutsche Nationalbibliothek verzeichnet diese Publikation in der Deutschen Nationalbibliografie; detaillierte bibliografische Daten sind im Internet über http://dnb.dnb.de abrufbar.

Cover: ***Designomicon, Anke Koopmann, unter Verwendung von Motiven von shutterstock***
Lektorat: ***Dr. Rainer Schöttle***

Herstellung und Verlag: BoD – Books on Demand, Norderstedt

ISBN: 978-3-7460-8854-9

Kapitel 1

Schokoladenmuffin und Cappuccino

Sina

Er heißt Alexander Goldstein und kommt jeden Morgen in meine Bäckerei.

Zwischen 7.25 Uhr und 7.28 Uhr.

Von Montag bis Freitag.

Immer pünktlich.

Und immer ein wenig in Eile.

Um 7.45 Uhr geht seine S-Bahn, die ihn in die Frankfurter Innenstadt bringt. Dort arbeitet er bei einem großen Bauunternehmer. Erfolgreich, wie ich vermute, denn seine Anzüge, sein Smartphone und selbst seine Aktentasche sehen nicht nur topmodisch, sondern auch ziemlich teuer aus.

Außerdem scheint ihn dieser Job so sehr in Anspruch zu nehmen, dass ihm kaum Zeit für die kleinen, alltäglichen Dinge des Lebens bleibt. Deshalb beschäftigt er auch eine Putzfrau, bestellt die meisten Lebensmittel online, gibt seine Hemden zum Bügeln in die Wäscherei und kauft all seine Snacks bei mir im Laden.

Zum Frühstück will er immer einen Schokoladenmuffin und einen großen Cappuccino. Für die Mittagspause darf es auch gern etwas

Herzhaftes sein: Ein Sandwich, eine pikant gefüllte Teigtasche oder eine Käsebrezel. Dazu nimmt er einen Salat, eine große Flasche Mineralwasser und einen frisch gepressten Orangensaft. Und am Nachmittag gönnt er sich ein Stück Kuchen, das ich ihm doppelt einpacke, damit es schön frisch bleibt.

Er kann sich diese üppige Speisenfolge leisten – sowohl finanziell als auch, was seine Figur betrifft. Denn er ist Mitglied im angesagtesten Fitnessstudio der Stadt, rudert am Wochenende auf dem Main und verbringt seine Ferien in exotischen Luxushotels mit großem Sportangebot.

Auch sonst achtet er sehr auf seine Gesundheit, geht regelmäßig zum Zahnarzt und hat, bis auf kleinere Probleme im rechten Knie, noch keine Beschwerden. Sollte er auch noch nicht, schließlich ist er erst neunundzwanzig Jahre alt. Sternzeichen Skorpion. Evangelisch. Mit einem Master in Innenarchitektur, inklusive eines Auslandssemesters in Florida.

Und – ganz wichtig! – Single.

Woher ich das alles weiß?

Weil ich zuhören kann.

Wie die meisten meiner Kunden, so kramt auch Alexander Goldstein sofort sein Telefon hervor, wenn es bei mir im Geschäft voll wird, und er mal etwas länger warten muss.

Eigentlich finde ich dieses Verhalten extrem unhöflich. Denn in dem Moment, wo das Handy eingeschaltet wird, wird die Aufmerksamkeit für die Umgebung auf ein Minimum zurückgefahren. Oft genug muss ich meine Kunden mehrmals ansprechen, bevor sie reagieren. Was haben die Leute eigentlich gemacht, bevor es Mobiltelefone gab? In die Luft gestarrt? Bis hundert gezählt? Das Kuchenangebot bewundert?

Ich weiß es schon gar nicht mehr so genau.

Bei Alexander ist es sowieso etwas völlig anderes: Ihm kann ich einfach nicht böse sein, wenn er am Handy hängt.

Im Gegenteil!

Er spielt nämlich nicht nur damit herum, sondern telefoniert auch gern. Regelmäßig ruft er seine Sekretärin an. Seine Freunde. Diverse Handwerker. Geschäftspartner. Und natürlich seine Verwandtschaft. Insbesondere seine Mutter scheint sehr neugierig zu sein und fragt viele interessante Dinge.

Ich muss gar nichts weiter machen als mich beim Bedienen auf diese Telefongespräche zu konzentrieren. Was mir trotz des Stimmengewirrs normalerweise auch ganz gut gelingt. Auf diese Weise werden meine Informationen über ihn ständig aktualisiert.

Warum ich das mache?

Weil ich neugierig bin.

Und weil ich gar nicht anders kann. Nicht, was ihn betrifft.

Denn seit unserem ersten Treffen vor zwei Jahren, einem Monat und elf Tagen bin ich rettungslos und unsterblich in Alexander Goldstein verliebt.

Die Schokoladenmuffins sind meistens noch warm, wenn ich sie kaufe. Und sie duften köstlich nach Vanille, Butter und Karamell. Am liebsten würde ich meine Nase während der gesamten S-Bahnfahrt in die Papiertüte stecken.

Aber das würde ziemlich albern aussehen, also beherrsche ich mich. Stattdessen wende ich mich morgens im Zug immer dem Zweitschönsten zu, was der Tag zu bieten hat: dem leckeren Cappuccino, der in einem knallbunten Pappbecher mit himmelblauem Deckel serviert wird. Und übrigens fast ebenso gut duftet wie der Muffin. Nach dem ersten vorsichtigen Schluck kann ich förmlich spüren, wie der heiße Kaffee durch meine Adern fließt und meine Lebensgeister weckt.

Müllers Tortensofa steht in verschnörkelter weißer Schrift auf dem Plastikdeckel. Ein ziemlich alberner Name für so ein tolles Geschäft.

Zum Glück habe ich mich vor zwei Jahren dadurch nicht abschrecken lassen, sondern bin einfach dem verführerischen Duft nach frisch gebackenem Kuchen gefolgt – und fand mich plötzlich in einer winzigen Bäckerei wieder, die erstaunlich viel zu bieten hat. Inzwischen bin ich längst Stammkunde geworden und habe mich hundertfach durch das gesamte Sortiment gegessen.

Ich liebe diesen Laden!

Tolles Angebot, moderate Preise und günstige Lage direkt am S-Bahnhof – was will man mehr?

Außerdem wird man immer mit einem freundlichen Lächeln bedient.

Zugegeben: Bei der Einrichtung des Geschäftes wurden sämtliche Konzepte harmonischer Raumgestaltung missachtet. Als Innenarchitekt stört mich das schon ein bisschen. Farben, Materialien und Proportionen wirken nicht aufeinander abgestimmt, sondern wurden bunt kombiniert. Auch Beleuchtung und Akustik sind eher suboptimal.

Überraschenderweise ist bei diesem Stil-Mix aber trotzdem etwas halbwegs Ansprechendes herausgekommen. Ein altes, gläsernes Kuchenbuffet nimmt fast die Hälfte des Verkaufsraums ein, gut gefüllt mit goldbraunen Muffins, knusprigen Waffeln und saftigen Blechkuchen. Daneben, in einem separaten Bereich des Buffets, sind die herzhaften Backwaren angerichtet: Laugenbrötchen, Käsebrezel, belegte Brote, bunte Pizza-Stückchen und gefüllte Teigtaschen.

Natürlich darf auch ein großer Kaffee-Vollautomat nicht fehlen, der hinter der Theke auf einem alten Holztisch steht, eingerahmt von mehreren Stapeln mit Tassen, Tellern und Servietten. Darüber hängt eine lange schwarze Tafel, auf der in schnörkelloser Kreideschrift die täglichen Angebote notiert werden.

Gleich am Eingang kann man sich aus einem modernen Kühlregal bedienen, das mit frisch gepressten Säften, Salaten, Milchgetränken und Mineralwasser gut sortiert ist. Und mitten im Schaufenster steht ein geblümtes Sofa, das dem Geschäft seinen Namen gegeben hat. Blaue Kissen, ein schmaler Tisch mit Spitzendecke und eine alte Stehlampe mit Troddeln geben dem Ganzen etwas Retromäßiges, aber auch sehr Gemütliches.

Trotzdem – wer setzt sich schon freiwillig ins Schaufenster?

Ich bestimmt nicht.

Ich habe das bislang nur ein einziges Mal gemacht, allerdings nicht ganz freiwillig. Damals handelte es sich um einen Notfall mit einer alten Dame, ich kann mich gar nicht mehr an alle Einzelheiten erinnern.

Ist schon zu lange her.

Sina

Bei mir war es Liebe auf den ersten Blick – damals, vor zwei Jahren, einem Monat und elf Tagen.

Ich weiß noch genau, dass ich an diesem Februarmorgen gerade auf der Leiter stand und dabei war, die Angebotstafel neu zu beschriften. Ich weiß sogar noch, dass ich die Worte *Schokoladenbrötchen* und *Zwiebelstange* bereits geschrieben hatte und auf der Suche nach bunter Kreide war, die ich mir vorher in die Hosentasche gesteckt hatte.

Und dann öffnete sich plötzlich die Tür, und Alexander kam herein. Sehr elegant, mit dunklem Mantel, grauem Wollschal, schwarzer Hose und Lederschuhen. In der einen Hand hielt er eine Aktentasche, in der anderen einen Regenschirm. Beide Accessoires waren schlicht, passten aber perfekt zu seiner Kleidung.

Doch es war nicht dieses geschmackvolle Outfit, das mich sofort in den Bann zog, sondern sein Gesicht: Klare, hellblaue Augen, dunkle, kurzgeschnittene Haare, hohe Wangenknochen, gebräunte Haut und ein kleines Grübchen am Kinn – das sich übrigens immer dann verstärkt, wenn er lächelt, wie ich später noch oft genug feststellen konnte.

Kurz gesagt: Er sah fantastisch aus, und ich konnte meine Augen einfach nicht mehr von ihm abwenden. Als er mich auf der Leiter entdeckte, immer noch mit einer Hand in der Hosentasche, runzelte er die Stirn, und für einen winzig kleinen Moment trafen sich unsere Blicke.

Hatte ich jemals ein schöneres Blau gesehen?

Nein, gab ich mir selbst die Antwort.

Das hier war eine Premiere, eine besonders intensive und mitreißende noch dazu. Blöd nur, dass ich dabei auf einer Leiter stand. Meine Knie wackelten, und jetzt wurde mir auch noch schwindelig. Vorsichtshalber hielt ich mich mit der freien Hand an der Leiter fest.

„Guten Morgen zusammen", sagte er mit angenehm dunklem Tonfall und reihte sich in die Schlange der Kunden ein, die von Ellie, meiner einzigen Angestellten, langsam abgearbeitet wurde.

O Gott, diese Stimme!

Ich unterdrückte einen begeisterten Seufzer, während ich mein Gleichgewicht stabilisierte und so tat, als müsse ich die Kreide, die ich jetzt endlich aus der Hosentasche hervorgekramt hatte, auf Wasserflecken untersuchen.

Eine ziemlich sinnlose Tätigkeit, aber Hauptsache, ich sah dabei beschäftigt aus! Aus den Augenwinkeln heraus jedoch beobachtete ich den neuen Kunden genau. Er wartete geduldig in der Schlange, sah sich dabei im Laden um und hielt dann einer jungen Mutter mit Kinderwagen die Eingangstür auf.

Jetzt hätte nicht viel gefehlt, und ich wäre vor Begeisterung tatsächlich von der Leiter geflogen. Dieser Mann war nicht nur ausgesprochen gutaussehend, sondern auch noch achtsam und höflich!

Übrigens ein Eindruck, der sich in den nächsten Wochen noch verstärken sollte. Und der bis heute anhält. Denn immer noch macht Alexander jedes Mal, wenn er nahe am Eingang warten muss, den anderen Kunden die Tür auf. Manchmal lässt er sogar Kunden vor, die es noch eiliger haben als er.

Am meisten beeindruckt hat mich seine Hilfsbereitschaft jedoch, als es einer älteren Dame im vergangenen Winter bei mir im Laden schlecht wurde.

Es war ein sehr kalter, schneereicher Tag. Das Geschäft war warm und voller Kunden, die Luft stickig. Ellie und ich kamen kaum mit dem Bedienen hinterher. Deshalb bemerkte ich auch nicht sofort, dass sich eine grauhaarige Frau im Lodenmantel plötzlich unwohl fühlte. Erst als Alexander sie ansprach und zum Sofa führte, wurde ich aufmerksam. Doch da hatten sich die beiden bereits gesetzt, und Alexander redete beruhigend auf sie ein.

Als ich an den Tisch trat, blickte er nur kurz auf und bestellte ein Glas Wasser bei mir, bevor er sich wieder ganz auf die ältere Dame konzentrierte.

Zum Glück ging es ihr nach ein paar Minuten wieder besser, aber Alexander bestand trotzdem darauf, seinen Schützling nach Hause zu begleiten.

Seit diesem Erlebnis mag ich ihn noch viel lieber.

Falls das überhaupt möglich ist ...

Kapitel 2

Trostbonbons mit Himbeergeschmack

Alexander

„Wie bitte?"

Ich kann kaum glauben, was ich gerade durchs Telefon gehört habe und frage sicherheitshalber noch einmal nach.

„Dieses Mal wirst du dich um den Haushalt und die Verpflegung kümmern müssen", wiederholt meine Mutter bereitwillig, wobei sie erneut das *Du* im Satz überdeutlich betont. „Ich kann das ja schlecht selbst machen, und dein Vater hat genug mit Oma und mir zu tun."

„Aber ... aber ..." Ich weiß echt nicht, was ich sagen soll.

Im Laufe der letzten Minute wurde ich nicht nur mit der Neuigkeit konfrontiert, dass meine Mutter sich gestern beim Wandern den Fuß gebrochen hat, und dass das Rheuma bei meiner Oma immer schlimmer wird. Nein, ich musste auch noch zur Kenntnis nehmen, dass meine Mutter die gesamte Organisation unseres anstehenden Familientreffens mir überlassen will.

Mir!

„Was ... was ist mit Nora und Tom?“ Gerade noch rechtzeitig fallen mir meine große Schwester und mein Schwager ein.

„Nora?“, wiederholt meine Mutter gedehnt. „Auf keinen Fall. Du weißt doch, dass das nicht geht. Sie hat gerade erst ...“

„Warte mal!“, unterbreche ich sie, denn ich stehe in meiner Lieblingsbäckerei an der Theke und bin in diesem Moment an der Reihe. Hastig bestelle ich Kaffee, Muffin, Sandwich und Kuchen, bevor ich mich wieder dem Telefon zuwende. „Okay, ich kann wieder zuhören.“

„Wo bist du?“, will meine Mutter wissen.

„Im Bäckerladen.“

„Alexander! Wie oft habe ich dir gesagt, du sollst mich nicht von unterwegs aus anrufen? Ich kann es nicht leiden, wenn ich nicht deine volle Aufmerksamkeit habe.“

„Du *hast* meine volle Aufmerksamkeit“, versichere ich ihr. „Ich rede nur mit dir.“

„Gerade hast du aber auch mit jemand anderem gesprochen.“

„Das war nur eine Verkäuferin, das zählt nicht.“

Ich werfe einen flüchtigen Blick hinter die Theke. Dort stehen, wie eigentlich jeden Morgen, zwei junge

Frauen. Die eine ist klein, blond und ein wenig mollig. Ich glaube, das ist die Inhaberin. Die andere ist groß, mager, rothaarig und hat mindestens fünf silberne Ringe im Ohrläppchen.

In jedem.

„Neun Euro sechzig", sagt die Blonde jetzt zu mir. Sie lächelt nicht ganz so freundlich wie sonst.

Ich schiebe einen Zehn-Euro-Schein über die Theke und signalisiere ihr, dass sie den Rest behalten kann. Sie bedankt sich mit einem geschäftsmäßigen Nicken, aber immer noch ohne Lächeln.

„Deine Schwester hat drei Kinder", nimmt meine Mutter ihren ursprünglichen Gesprächsfaden wieder auf. „Darf ich dich daran erinnern, dass sie erst vor Kurzem Zwillinge bekommen hat? Sie und Tom sind wegen der Babys Tag und Nacht auf den Beinen und können sich unmöglich auch noch um sechs Erwachsene kümmern."

„Sechs? Wieso sechs?", hake ich nach und packe die Gebäcktüten in meine Tasche. Nicht ganz so einfach, wenn man nur eine Hand zur Verfügung hat.

„Du, ich, dein Vater, Oma, dein Bruder und seine Freundin", zählt meine Mutter auf. „Wenn du auch noch jemanden mitbringst, sind wir sogar sieben."

„Wie? Jonathan hat schon wieder eine Neue?" Den letzten Teil ihrer Bemerkung ignoriere ich absichtlich.

Ich bringe bestimmt niemanden mit.

Die Sache zwischen Michelle und mir ist mein kleines Geheimnis, das niemanden etwas angeht.

Und das soll auch noch eine Weile so bleiben.

Außerdem kann ich mir meine elegante, aber immer ein wenig unnahbar wirkende Freundin nur schwerlich im Kreis meiner lauten und chaotischen Familie vorstellen.

„Ja, Jonathan hat eine neue Partnerin. Letzte Woche hat er sie mitgebracht, als wir alle bei Nora zu Besuch waren. Schade, dass du da keine Zeit hattest! Sie heißt Kim und ist ein ganz besonders nettes Mädchen“, entgegnet meine Mutter. Ihr naiver Optimismus rührt mich. Mein Bruder hatte schon haufenweise *nette Mädchen*, die aber alle früher oder später das Weite gesucht haben. „Vielleicht ist sie endlich die Richtige.“

Das kann ich mir kaum vorstellen. Jonathan ist bequem, träge, gammelt am liebsten herum und hält sich mit irgendwelchen Aushilfsjobs über Wasser, während der Rest der Familie vergeblich darauf wartet, dass er endlich sein Studium abschließt. Also nicht gerade das, was man eine gute Partie nennen würde.

Aber ich behalte meine Zweifel für mich. „Vielleicht“, entgegne ich nur und wende mich zur Tür. Draußen regnet es mittlerweile in Strömen. Mist! Ich habe keinen Schirm dabei. „Kann sie kochen?“

„Alexander!“, schimpft meine Mutter. „Das werden wir ihr nicht zumuten.“

Ach ja? Aber mir anscheinend schon!

„Ehrlich gesagt sieht sie auch nicht so aus, als ob sie kochen könnte“, fährt meine Mutter bedauernd fort. „Nein, mein Lieber, du bist leider der Einzige, dem ich Haushalt und Küche anvertrauen kann.“

„Mama!“, protestiere ich und ahme dabei ihren entrüsteten Tonfall nach. „Weißt du eigentlich, was du von mir verlangst?“

„Natürlich weiß ich das, ich bin ja nicht senil.“

„Ich soll mich von Gründonnerstag bis Ostermontag um unsere ganze Familie kümmern. Und das erfahre ich erst jetzt, am Montag, drei Tage vorher. Das ... das ist ... das ist ...“

Mir fehlen die Worte. Ächzend lasse ich mich auf das geblümte Sofa fallen, und es ist mir heute völlig egal, dass ich mitten im Schaufenster sitze. Solange es regnet, kann ich sowieso nicht raus. Und vorher will ich dieses Thema mit meiner Mutter ausdiskutiert haben.

Ihre Forderungen sind doch völlig absurd!

„Ich kümmere mich seit vierunddreißig Jahren um unsere Familie“, entgegnet sie schnippisch. „Da wirst du das ja wohl mal ein verlängertes Wochenende tun können.“

„Meine Koch- und Backkenntnisse halten sich in Grenzen.“

„Du kannst das, schließlich hast du bei mir gelernt.“

„Das ist schon zehn Jahre her“, sage ich und rücke ein wenig zur Seite, damit die blonde Verkäuferin einen großen Karton mit Süßigkeiten neben mir auf dem Sofa abstellen kann. *Feine Himbeerbonbons* steht auf der Verpackung. „Willst du nicht lieber alles absagen?“

„Nein. Warum sollte ich?“

„Immerhin hast du deinen Fuß gebrochen und sollst dich bestimmt noch schonen.“

„Ach, papperlapapp! Wo kann ich mich besser erholen als im Kreis meiner Familie?“

„Mir fallen auf Anhieb mindestens hundert andere Orte ein, die erholsamer sind.“

„Mir nicht. Ich brauche dieses Fest ganz dringend. Wir haben wegen Noras komplizierter Schwangerschaft schon Weihnachten nicht miteinander gefeiert. Und außerdem können wir so kurzfristig nicht einfach alles abblasen.“ Für meine Mutter scheint die Diskussion damit beendet zu sein.

Ich versuche trotzdem noch einmal, aus der Nummer rauszukommen. „Wie wäre es, wenn wir eine Küchenhilfe engagieren?“

„Wo willst du denn so schnell noch jemand Gutes finden? Und ein Fremder in unserer Küche? Vergiss es! Das ist …“ Sie bricht ab. „Was knistert denn da bei dir?“

„Bonbontüten.“

„Bist du immer noch in der Bäckerei?“

„Ja. Ich sitze hier fest. Draußen regnet es, und ich habe keinen Schirm dabei.“

„Du Armer!“

Ich fasse es nicht. Meine Mutter hat Mitleid mit mir, weil es regnet. Aber wenn es darum geht, dass ich fünf Tage lang in der Küche stehen soll, kennt sie kein Erbarmen.

„Vielleicht erkälte ich mich ja noch bis Donnerstag und werde krank.“

„Oh nein, das wirst du nicht. Du möchtest uns doch sicherlich nicht den Spaß verderben. Denk doch auch mal an Oma! Sie freut sich schon so.“

Wie unfair! Jetzt hat sie das Killer-Argument gebracht. Meine Großmutter ist nämlich mein schwacher Punkt, ich hänge sehr an ihr.

„Also gut", seufze ich deshalb. „Du hast gewonnen. Notfalls müsst ihr mit Dosenravioli und Tiefkühlpizza leben."

Meine Mutter lacht. „Ein bisschen mehr erwarte ich schon."

Ich verkneife mir die Bemerkung, dass sie darauf lange warten kann, und beende unser Gespräch. Dann lasse ich mich nach hinten gegen die Sofakissen sinken und atme mehrere Male kräftig durch.

Angeblich vertreibt das negative Gedanken.

Funktioniert aber nicht, zumindest nicht bei mir.

Ich bin immer noch verärgert.

Die Aussicht auf die kommenden Feiertage gefällt mir ganz und gar nicht. Ich hatte mich auf ein paar nette Stunden im Kreis der Familie gefreut. Frühlingsstimmung, viel frische Luft und gutes Essen. Stattdessen werde ich für alles und jeden verantwortlich sein ...

„Hier!" Eine Knistertüte mit knallroten Süßigkeiten landet auf meiner Brust. „Trostbonbons."

Sina

Eine blödere Einleitung für ein Gespräch ist mir wohl nicht eingefallen?

„Hier! Trostbonbons."

Er muss ja denken, dass ich außer „Guten Morgen!" und „Was darf's denn sein?" keinen zusammenhängenden Satz herausbringen kann.

Außerdem weiß er jetzt mit Sicherheit, dass ich ihn belauscht habe.

Aber was soll's?

Ich bin ihm doch sowieso egal, wie ich vorhin bei seiner abfälligen Bemerkung über Verkäuferinnen deutlich herausgehört habe.

Für ihn bin ich nur die Bäckerin.

Die Kucheneinpackerin.

Die Kaffeeköchin.

Erschütternd, aber wahr ...

Ach, Mist! Jetzt brauche ich auch Trost!

Kurz entschlossen schnappe ich mir eine weitere Tüte mit Süßigkeiten, reiße die Verpackung auf und stopfe mir fünf Bonbons auf einmal in den Mund. Dann setze ich mich neben ihn. Ein bisschen zu dicht vielleicht, aber das macht jetzt auch nichts mehr.

„Ist ... äh ... alles in Ordnung bei Ihnen?" Er richtet sich auf, stellt seine Tüte auf den Tisch und beobachtet mich stirnrunzelnd.

Ich schüttele den Kopf. Reden kann ich gerade nicht.

„Waren das nicht ein paar Bonbons zu viel?", will er wissen.

Wieder schüttele ich den Kopf, während ich wie eine Verrückte an den Himbeerbonbons herumlutsche, um den Mund wieder frei zu bekommen.

Vergeblich.

Er bemerkt das zum Glück nicht, da er gerade einen Blick aus dem Fenster wirft. „Es regnet immer noch. Darf ich vielleicht noch ein bisschen hier sitzen bleiben und nachdenken?"

Sein Lächeln ist nur angedeutet, haut mich aber, wie üblich, völlig um. Und nach seinem „Übrigens dürfen Sie mir gern dabei Gesellschaft leisten“ vergesse ich sogar, dass ich eigentlich böse auf ihn bin.

Ich nicke und hoffe, dass er mir meine Verlegenheit nicht ansieht. Zum ersten Mal seit zwei Jahren, einem Monat und elf Tagen redet Alexander Goldstein nicht nur das Nötigste mit mir. Nein, er lächelt mich sogar an und fordert mich zum Bleiben auf – und ich sitze ihm gegenüber, mit dem Mund voller Bonbons und einem dümmlichen Grinsen im Gesicht.

Ich muss dringend etwas tun, sonst denkt er am Ende noch, ich wäre genauso albern und blöd, wie mein Gesichtsausdruck es gerade vermuten lässt. So eine günstige Gelegenheit auf ein Gespräch mit ihm bekomme ich bestimmt so schnell nicht wieder!

„Empfulliung“, bringe ich deshalb mühsam heraus und springe auf. „Bin bleich pfurück.“

Rasch laufe ich auf die Personaltoilette und spucke die Bonbons in den Mülleimer. Danach spüle ich meinen Mund aus, wasche das Gesicht und werfe einen kritischen Blick in den Spiegel. Oh je! Warum habe ich mir heute Morgen nicht die Haare gewaschen? Ein wenig Puder hätte auch nicht geschadet, meine Stirn glänzt verschwitzt. Und erst diese abgetragene gelbe Bluse!

Aber es hilft jetzt nichts, ich muss schnell wieder zu ihm. Wer weiß, wie lange er noch dort sitzt? Irgendwann wird der Regen aufhören; im Radio war nur von kurzen Schauern die Rede.

„Hi!“, begrüßt er mich, als ich zurück zum Sofa komme. Inzwischen hat er seine Tüte mit Bonbons ebenfalls aufgerissen. „Die schmecken superfruchtig“, meint er. „Allerdings sollte man immer nur eins nehmen.“

„Ja, ich weiß.“ Dieses Mal bin ich wesentlich vorsichtiger, als ich mich zu ihm setze, und lasse auch genügend Abstand zwischen uns. „Das war dumm von mir.“

„Macht nichts. Es gibt Situationen im Leben, die schreien nach Trostbonbons, das haben Sie ganz richtig erkannt.“ Er deutet auf seine Tüte. „Übrigens vielen Dank für die Bonbons. Und dafür, dass Sie sich zu mir gesetzt haben.“

„Gern geschehen. Sie sehen aus, als könnten Sie gerade ein wenig Zuspruch brauchen.“

„Oh ja!“ Er runzelt die Stirn. „Wenn Sie wüssten!“

Ich könnte ihm jetzt gestehen, dass ich tatsächlich weiß, was für ein Problem er hat. Denn natürlich habe ich das ganze Telefongespräch mit seiner Mutter belauscht. Warum wohl sonst habe ich die Bonbontüten direkt neben ihm eingeräumt?

Aber ich bin lieber still, sonst hält er mich an Ende noch für eine durchgeknallte Stalkerin. Für eine Richtigstellung würde mir die Zeit fehlen.

Und die Argumente.

Denn im Grunde bespitzele ich ihn ja tatsächlich, auch wenn ich das nicht als Stalking bezeichnen würde, sondern eher als heftiges Interesse.

Außerdem weiß ich, dass die meisten Menschen, die eine Bemerkung wie *„Wenn Sie wüssten!“* machen, sowieso von selbst zu reden beginnen.

Und richtig, auch Alexander fängt jetzt an zu erzählen. Seine erste Frage überrascht mich allerdings.

„Kennen Sie Heubach im Odenwald?“

Seitdem er es vor zwei Jahren mal am Telefon erwähnt hat, weiß ich natürlich, wo das liegt. Aber ich stelle mich ahnungslos. „Nein.“

„Das ist ein kleines Dorf bei Groß-Umstadt. Schön erhaltenes Fachwerk, ein paar grüne Hügel und viel Wald.“

„Ihre Heimat?“ Auch das weiß ich besser, aber ich will ja mit ihm im Gespräch bleiben.

„Nein. Aber dort, mitten im Wald, steht ein altes Forsthaus, das früher meinen Großeltern gehörte. Vor ein paar Jahren habe ich es zusammen mit meinem Vater von Grund auf renoviert und modernisiert. Seitdem trifft sich meine Familie regelmäßig dort.“

„Also so eine Art Ferienhaus?“

„Noch ist es tatsächlich nur ein Ferienhaus. Aber meine Eltern wollen einziehen, sobald mein Vater in Rente ist.“

„Das klingt doch alles sehr schön.“

Klingt es wirklich!

Ein altes Forsthaus im Grünen. Blühende Bäume. Vogelgezwitscher. Alexander in Jeans und engem T-Shirt.

Beim Holzhacken.

Und schon geht meine Fantasie mit mir durch!

„Na, jedenfalls ...“ Geistesabwesend nimmt er sich noch ein Bonbon. „Dieses Jahr wollten wir alle gemeinsam Ostern feiern: Meine Eltern, meine Oma, meine Schwester mit Mann und Kindern und mein Bruder mit seiner neuen Flamme. Aber was passiert?“ Er macht eine kleine Pause und sieht mich erwartungsvoll an.

Ich muss mich echt beherrschen, jetzt nicht mit *„Ihre Mutter bricht sich den Fuß“* herauszuplatzen.

„Meine Mutter bricht sich den Fuß“, spricht er genau das aus, was ich gerade gedacht habe.

Ich versuche, ein überraschtes Gesicht zu machen.

„Und jetzt soll ich mich um alles kümmern“, seufzt er.

„Kann das denn niemand anderer übernehmen? Oder zumindest mithelfen?“

„Nein. Mein Vater muss sich um meine Mutter kümmern. Und um meine Oma. Meine Schwester und mein Schwager scheiden auch aus, die haben genug mit ihren Kindern zu tun. Mein Bruder ist ... äh ... eher ... unfähig, und seine neue Freundin anscheinend auch. Meine Mutter will sie auf keinen Fall an den Herd lassen. Genauso wenig übrigens wie eine Küchenhilfe, die ich am liebsten engagieren würde.“

„Dann bleiben also tatsächlich nur Sie“, stelle ich fest.

Er nickt. „Es sei denn, der Himmel weht mir noch eine gute Fee vor die Füße.“

„Das soll vorkommen“, murmele ich zerstreut, denn ich bin abgelenkt. In meinem Kopf entsteht gerade eine Idee. Eine sehr spontane und ziemlich blöde Idee. Am besten sollte ich sie für mich behalten.

Doch das kann ich nicht. Das konnte ich noch nie, ich war schon immer sehr mitteilsam. Außerdem: es wäre dumm und geradezu fahrlässig von mir, wenn ich diese Super-Mega-Chance nicht nutzen würde!

„Ich könnte Ihnen helfen“, platze ich deshalb heraus.

„Wobei?“ Offenbar kann er meinen Gedankengängen nicht so schnell folgen.

„Beim Kochen und Backen.“

„Wie? ... Wo?“ Er scheint immer noch nicht verstanden zu haben, was ich ihm gerade vorschlage.

„In Heubach“, erkläre ich ihm geduldig. „Bei Ihrer Familienfeier. Ich könnte Ihnen beim Kochen und Backen helfen.“

„Aber ...“

„Gegen Bezahlung natürlich“, ergänze ich hastig, obwohl es mir eigentlich gar nicht auf das Geld ankommt.

Im Gegenteil, ich würde alles dafür geben, ein wenig mehr Zeit mit Alexander Goldstein zu verbringen. Aber das kann ich ihm gegenüber natürlich nicht als Begründung angeben. Also tue ich so, als ob es mir lediglich um ein geschäftliches Angebot geht.

„Ich biete diesen Service schon seit einigen Jahren erfolgreich an“, improvisiere ich drauflos und hoffe, dass ich glaubhaft klinge.

Und dass Ellie nicht ausgerechnet jetzt zuhört.

Im Laden ist es ruhig geworden, sie steht mit dem Rücken zu uns an der Kaffeemaschine und hat gerade das Reinigungsprogramm gestartet.

„Einkaufen, Vorbereiten, Kochen, Backen, Tischdecken und Abspülen, alles aus einer Hand", fahre ich fort. „Sina Müllers Rundum-Sorglos-Paket. Haben Sie das nicht gewusst?"

„Nein." Er schaut mich mit großen Augen an.

„Na ja, ich mache ja auch keine Werbung damit. Habe ich nicht nötig, es ist ein Selbstläufer."

Ellie dreht sich um und runzelt die Stirn.

Wusste ich es doch! Sie lauscht.

„Aber ... aber ... wie kriegen Sie das denn neben der Bäckerei noch geregelt?", erkundigt sich Alexander erstaunt.

„Ach, das geht spielend leicht", behaupte ich und wische seine Bedenken mit einem gekünstelten Lachen weg.

Hoffentlich kauft er mir meine Lügen ab!

Und hoffentlich hält Ellie weiterhin die Klappe!

„Diese Bäckerei ist ja nur von Montag bis Freitag geöffnet, am Samstag und am Sonntag lohnt sich das Geschäft wegen der fehlenden Bahnpendler nicht." Wenigstens diese Tatsachen entsprechen der Wahrheit. „Deshalb springe ich am Wochenende gern bei Familienfesten oder Partys ein."

„Hm." Er lehnt sich zurück, verschränkt die Arme vor der Brust und runzelt die Stirn. Anscheinend muss er diese Informationen erst einmal verarbeiten.

Ich nutze die Zeit und schicke einen bösen Blick zu Ellie. *„Wehe, du sagst einen Ton!"*, signalisiere ich ihr mit meinen Augen. Sie versteht das sofort und deutet ein unschuldiges Nicken an.

„Haben Sie denn so kurzfristig Zeit?“, fragt Alexander. „Immerhin ist Ostern, Sie wollen doch bestimmt mit Ihrer Familie feiern.“

Ich kann es kaum glauben. Er hat angebissen!

„Das würde ich wirklich gern“, versichere ich ihm. „Aber meine Eltern sind ... äh ... verreist.“
Dass die beiden seit ein paar Jahren tot sind, muss er nicht wissen. Noch nicht. Schließlich ist das keine Information, die man gleich beim ersten Kennenlernen erzählt.
„Und meine Schwester lebt in San Francisco“, fahre ich fort. „Ich werde an den Feiertagen also völlig allein sein.“

Okay, auch das stimmt jetzt nicht so ganz.

Zwar ist meine Schwester tatsächlich mit einem Amerikaner verheiratet und lebt in San Francisco, aber ich habe ja noch mehr Verwandtschaft. Tanten, Onkel, Cousins und Cousinen, die mich alle pflichtbewusst zu Ostern eingeladen haben. Außerdem bin ich am Ostersonntag mit Ellie abends zu Sauna und Wellness im Freizeitbad verabredet.

Genau genommen ist es also eine weitere dicke Lüge, die ich ihm da gerade auftische. Prompt erleidet Ellie einen theatralischen Hustenanfall hinter der Theke.

„Geh mal lieber in die Küche und trink etwas!“, rate ich ihr und atme auf, als sie tatsächlich ohne zu protestieren nach hinten verschwindet.

Jetzt habe ich Alexander für mich. Ohne Zeugen lügt es sich ein bisschen leichter.

Er scheint sich unterdessen für meine Idee erwärmt zu haben. „Sie hätten also wirklich Zeit für mich und meine Familie?“, will er wissen.

Ich kann mein Glück kaum fassen und nicke wie wild.

„Ich bezahle Sie natürlich gut.“

Wieder nicke ich.

Er kratzt sich am Kopf, dann seufzt er resigniert. „Es geht trotzdem nicht.“

Was? So kurz vor dem Ziel kann doch mein schöner Traum nicht zerplatzen!

„W-w-warum nicht?“

„Meine Mutter hat gesagt, sie will niemand Fremdes in der Küche. Sie würde mir die Hölle heiß machen.“

„Dann ... dann sagen wir einfach, ich sei eine Freundin von Ihnen. Eine ... äh ... gute Freundin, die Sie schon länger kennen. Und mit der Sie ... öfters kochen“, stammele ich mir mit dem Mut der Verzweiflung zusammen. „Und zufällig wäre ich zu Ostern ganz allein, was Sie natürlich auf keinen Fall wollen. Rein ... äh ... freundschaftlich natürlich.“

Er nickt zerstreut und kaut auf seiner Unterlippe herum. „Dass wir uns schon länger kennen, wäre nicht einmal gelogen“, murmelt er dann. „Und auch nicht, dass Sie ansonsten allein wären.“

„Genau!“

„Meine Mutter hat ein weiches Herz. Wenn wir zu zweit in der Küche stehen und so tun, als ob wir gute Freunde sind, wird sie nichts dagegen haben.“

„Fein!“ Ich strahle ihn an.

„Außerdem verdienen Sie bei dieser Sache noch etwas."

„Wir profitieren also beide davon."

„Na dann ..." Er gibt sich einen Ruck. „Dann sind wir uns einig. Sie sind engagiert. Aber diese Abmachung muss unser Geheimnis bleiben. Für meine Familie sind Sie ab heute offiziell meine neue beste Freundin."

Ellie, die in diesem Moment zur Tür hereinkommt, gibt einen erstickten Laut von sich und verschwindet gleich wieder in der Küche. Ich achte nicht auf sie. Ich bin viel zu sehr damit beschäftigt, nicht laut herauszujubeln.

„Danke für den Auftrag", sage ich stattdessen nur und versuche, gelassen zu klingen.

„Ich muss jetzt leider los, der Regen hat aufgehört. Aber ich komme heute Abend noch einmal vorbei, dann klären wir die Einzelheiten."

Ich nicke glücklich. Noch einmal vorbeikommen, um Einzelheiten zu klären – das klingt doch fast schon nach einem Date.

Einem Date mit meinem Märchenprinzen!

Und es kommt noch besser. Ich werde das nächste Wochenende mit Alexander Goldstein in einem alten Forsthaus mitten im Odenwald verbringen.

Egal, was passiert, eines weiß ich jetzt schon ganz genau: Das wird das beste Osterfest meines Lebens!

Kapitel 3

Süßer Tee mit Kandis und Mandelgebäck

Sina

„Bist du jetzt völlig übergeschnappt?“

Kaum ist Alexander verschwunden, steht Ellie vor mir, mit blitzenden Augen, geröteten Wangen und die Fäuste in die Hüften gestemmt.

So sieht sie immer aus, wenn sie sich aufregt – was normalerweise selten der Fall ist. Ellie ist eine Seele von Mensch, still, verlässlich und klug. Und nicht nur meine Kollegin, sondern auch meine beste Freundin.

Heute allerdings wirkt sie alles andere als ruhig.

„Du kannst dich doch nicht einfach so bei ihm einladen!“, schimpft sie.

„Warum nicht? Er braucht Hilfe.“

„Beim Kochen!“

„Na und?“

„Und das nutzt du sofort schamlos aus. Hast du gar kein schlechtes Gewissen, weil du ihm so viele Lügen auftischst? *Sina Müllers Rundum-Sorglos-Paket*. Ich fasse es nicht!“

„Aber Ellie! Verstehst du das denn nicht? Ich bekomme endlich die Chance, ihn näher kennenzulernen. Wer weiß, was sich daraus entwickelt?“

„Gar nichts. Beziehungen, die auf Lügen basieren, haben noch nie funktioniert."

„Ich werde ihm schon noch die Wahrheit sagen."

„Ach ja, und wann? Vor dem ersten Sex? So lüstern, wie du ihn angeschaut hast, kann das ja nicht mehr lange dauern."

„Du spinnst!"

„Ich will doch nur dein Bestes." Versöhnlich legt Ellie eine Hand auf meine Schulter. „Meinst du, ich weiß nicht, wie viel er dir bedeutet?"

„Ist das so offensichtlich?"

„Für mich schon. Jeden Morgen, kurz bevor er kommt, rennst du zum Klo und bürstest deine Haare. Und dann, wenn er in der Schlange wartet, bist du genau so lang beschäftigt, bis er an der Reihe ist und du ihn bedienen kannst. Immer kriegt er die besten Kuchenstücke, die größten Brötchen und dein schönstes Lächeln. Das alles ist irgendwie süß und schadet keinem." Sie unterbricht sich, um Luft zu holen. „Aber das, was du gerade gemacht hast, ist eine ganz andere Nummer."

„Ich bin endlich einen Schritt weiter gegangen."

„Am Ende des Weges wartet aber nicht das Happy End auf dich, sondern eine riesige Enttäuschung. Du glaubst doch nicht ernsthaft, dass du eine Chance bei ihm hast?"

„Warum nicht?", erkundige ich mich, obwohl ich mir nicht sicher bin, ob ich tatsächlich hören will, was Ellie zu sagen hat. Sie hat ein untrügliches Gespür dafür, die Wahrheit zu erkennen und laut auszusprechen.

Aber fragen muss ich trotzdem.

„Er ist Stammkunde bei uns“, entgegnet sie. „Dennoch hat er dich bis zum heutigen Morgen nicht ein einziges Mal richtig wahrgenommen. Das spricht nicht für echtes Interesse. Für ihn bist du nur eine gesichtslose Verkäuferin.“

„Das wird sich jetzt ändern.“

„Aber klar doch!“

„Natürlich“, beharre ich trotzig. „Sonst hätte er mich doch nicht engagiert.“

„Er hat dich engagiert, weil du ihm eine bequeme Lösung für sein Problem geboten hast. Du kochst, er zahlt. Mehr nicht.“

„Abwarten.“

„Ach, Sinalein“, seufzt Ellie und tätschelt noch einmal liebevoll meine Schulter. „Eine Frau, die sich mit Lügen die Aufmerksamkeit eines Mannes erschleicht, der sie vorher noch nie beachtet hat – das ist keine gute Kombination. Da kannst du noch so tolle Dinge in der Küche zaubern …“

Alexander

„Hallo, Mama!“

Ich habe mit diesem Anruf extra bis zum Mittag gewartet.

Zum einen, weil ich weiß, dass meine Mutter am Morgen immer sehr ausführlich Zeitung liest und dabei nicht gestört werden will. Zum anderen wollte ich mir aber auch bewusst ein wenig Zeit lassen, um meinen spontanen Beschluss im Bäckerladen noch einmal zu überdenken.

Diese kleine blonde Verkäuferin hat mich heute Morgen mit ihrem Vorschlag förmlich überrumpelt. Normalerweise lasse ich mich gar nicht so einfach überzeugen. Ich prüfe immer gerne alle möglichen Vor- und Nachteile einer Entscheidung.

Aber so sehr ich mir auch den Kopf zerbreche, ich finde keinen Haken an unserem Arrangement. Dass sie wunderbar backen kann, weiß ich seit Langem. Ihre Kochkünste sind vermutlich ähnlich gut. Meine Familie wird begeistert sein, und mir nimmt sie damit einen Haufen Arbeit ab.

Dass ich eine kleine Notlüge erfinden muss, damit sie zu uns in die Küche darf, ist auch okay. Solange sie mitspielt, wird niemand die Wahrheit erfahren.

Es ist nicht ungewöhnlich, dass ich gute Freunde mit in den Odenwald bringe. Bislang hat meine Verwandtschaft diese Leute immer sehr herzlich aufgenommen. Die Kleine wird sich also wohlfühlen, ich muss kein schlechtes Gewissen haben.

Außerdem bezahle ich sie ja auch für ihre Leistungen ...

„Alexander?" Die Stimme meiner Mutter klingt überrascht. „Ist etwas passiert? Du rufst sonst nie zweimal am Tag an."

„Nein, alles gut. Was machst du gerade?"

„Ich trinke Tee. Den guten Darjeeling, mit viel Kandis. Und dazu esse ich Mandelgebäck."

Prima! Mit so viel Zucker im Blut hat sie sicherlich gute Laune.

„Ich muss etwas mit dir besprechen."

„Was denn?"

„Du hast mich doch heute früh gefragt, ob ich zu unserem Familientreffen jemanden mitbringen will, und jetzt würde ich tatsächlich gern …“

„Endlich fasst du dir ein Herz!“, unterbricht sie mich. Sie klingt erleichtert und aufgeregt zugleich. „Ich vermute ja schon länger, dass du wieder verliebt bist. Aber du verstehst es wunderbar, daraus ein Geheimnis zu machen. Sie ist uns natürlich herzlich willkommen.“

„Nein, nein, du liegst völlig falsch. Es geht um jemanden, den ich kenne und der das Osterfest ansonsten allein verbringen müsste.“

„Oh, also reden wir hier von einem deiner Freunde?“

„Nicht ganz. Mehr so … von einer *Freundin*.“

Es bleibt still in der Leitung.

„Mama?“

„Eine Freundin?“, wiederholt sie gedehnt. „Aber nicht *deine* Freundin?“

„Richtig. Sie ist ein guter Kumpel von mir. Sozusagen meine beste Freundin.“

„Hm … seit wann hast du so etwas?“

„Schon länger.“

„Bislang hast du sie nie erwähnt.“

„Doch, das habe ich bestimmt.“

„Wie heißt sie denn?“

Verdammt! Das weiß ich nicht. Heute Morgen ging alles so schnell, wir haben uns nicht einmal richtig vorgestellt.

Aber zum Glück kann ich mich wenigstens an ihren Nachnamen erinnern. „Müller“, sage ich, während ich mir fieberhaft den Kopf zerbreche. Hat sie nicht ihren Vornamen genannt? Da war doch irgendetwas mit Müller ... *Müllers Rundum-Sorglos-Paket ...*

„Sina!", rufe ich, erleichtert darüber, dass mir das noch rechtzeitig eingefallen ist.

„Also Sina Müller. Ich bin mir sicher, dass ich diesen Namen noch nie gehört habe. Wie lange kennt ihr euch schon?"

Glaubt sie mir nicht oder ist das nur ihre typische Neugier?

„Seit ich in Frankfurt arbeite. Wir sind uns praktisch an meinem ersten Arbeitstag über den Weg gelaufen."

„Ist sie eine Kollegin?"

„Nein." Bei der Vorstellung von Sina, dieser kleinen, rosigen und immer etwas zerzaust wirkenden Person, zwischen meinen geschäftsmäßig-unterkühlten Kollegen muss ich plötzlich grinsen. „Sie hat ein eigenes Geschäft."

„Du klingst plötzlich so fröhlich. Bist du sicher, dass sie nur *eine* Freundin ist?"

„Mama!"

„Jaja, schon gut. Bring sie mit! Platz haben wir ja genug. Allerdings bedeutet das einen Gast mehr, um den du dich kümmern musst."

„Das macht nichts. Ich wette, Sina hilft mir gern. Sie ist ganz zufällig eine tolle Hobby-Köchin."

„Hobby-Köchin? Ganz zufällig? Soso ..."

Ein *Soso* meiner Mutter bedeutet normalerweise nichts Gutes, und ich bekomme sofort ein schlechtes Gefühl. Habe ich zu viel gesagt? Ist sie jetzt misstrauisch geworden?

„Sina und ich, wir kochen total viel zusammen", versichere ich ihr. „Das ist sozusagen … äh … unser Freundschaftsding. Sie ist wirklich nett, du wirst sie mögen."

„Warum hast du mir das nicht schon heute Morgen erzählt?"

„Weil ich gerade erst erfahren habe, dass sie Ostern allein sein wird. Das geht doch nicht, oder?"

„Nein, das geht nicht." Sie klingt noch nicht überzeugt, aber zumindest lässt sie das Thema fürs Erste auf sich beruhen. „Wann reist ihr an?", will sie noch wissen.

Keine Ahnung.

Das muss ich erst noch mit Sina besprechen.

Wie so vieles …

„Am Gründonnerstag, denke ich."

„Gut. Wir auch. Ich bin schon sehr gespannt darauf, diese Frau kennenzulernen."

Kaum habe ich aufgelegt, kommt ein neuer Anruf.

Michelle.

Mein kleines Geheimnis.

„Hi!", begrüßt sie mich mit ihrer dunklen, sexy Stimme. „Ich wollte mich nur mal schnell bei dir melden. Aber ich habe nicht viel Zeit, in fünf Minuten kommt schon mein nächster Interessent."

Michelle arbeitet als Immobilienmaklerin.

Wir haben uns vor drei Monaten bei einem geschäftlichen Termin kennengelernt. Es ging um eine Luxusimmobilie, bei der ich die Inneneinrichtung übernehmen sollte. Nach einer langen Diskussion über geeignete Elemente, Materialien und Farben war uns beiden klar, dass wir nicht nur denselben schlichten Stil bevorzugen, sondern auch sonst noch viele andere gemeinsame Interessen haben.

Seitdem sehen wir uns regelmäßig.

Meistens treffen wir uns nach Büroschluss mit Kollegen und gehen eine Kleinigkeit essen. Danach besuchen wir noch eine Bar und landen irgendwann bei ihr oder bei mir.

Unser Verhältnis ist locker und ungezwungen.

„Mit wem hast du gerade gesprochen?“, will sie jetzt wissen.

„Mit meiner Mutter.“

„Gibt es Probleme?“

„Nein“, sage ich nach kurzem Zögern und verzichte auf weitere Erklärungen. Ich kann mir kaum vorstellen, dass Michelle sich für gebrochene Füße, Rheuma und die Organisation von Familienfeiern interessiert.

„Sehr schön“, meint sie, und damit ist das Thema für sie auch schon erledigt. „Sehen wir uns heute Abend in der *Skybar*? Ich bin mit einer wichtigen Kundin dort. Wir könnten ein wenig männliche Gesellschaft gebrauchen.“

„Heute Abend kann ich leider nicht.“

„Warum nicht? Was hast du vor?“

Komisch, das hat sie noch nie gefragt.

Normalerweise akzeptiert sie eine Absage, ohne sich nach den Gründen zu erkundigen. Umgekehrt verlangt sie natürlich dieselbe Toleranz. „Wir sollten uns nicht zu sehr aneinander binden. Ich liebe meine Unabhängigkeit“, hat sie gleich zu Anfang klargestellt.

Das ist mir ganz recht so. Ich will noch keine feste Beziehung, weder mit Michelle noch mit sonst jemandem.

„Ich habe einen geschäftlichen Termin", entgegne ich vage. Das ist nicht einmal gelogen, ich muss tatsächlich noch viele Einzelheiten mit meiner neuen Wochenend-Köchin klären.

Natürlich könnte ich Michelle auch die ganze Geschichte erzählen, aber ich bin mir nicht sicher, ob sie mein kleines Arrangement mit Sina Müller verstehen würde.

„Dann sehen wir uns wahrscheinlich vor den Feiertagen gar nicht mehr", stellt Michelle bedauernd fest. „Denn morgen und übermorgen bin ich schon verplant."

„Schade!"

„Bist du zu Ostern in der Stadt?"

„Nein. Ich fahre zu meiner Familie ins alte Forsthaus, davon habe ich dir doch erzählt. Und was machst du?"

„Ich bleibe hier. Am Samstag findet ein großer Antikmarkt am Mainufer statt, und am Sonntag bin ich zum Brunchen verabredet. Eigentlich hatte ich gehofft, wir könnten abends etwas zusammen unternehmen."

„Das wird nicht klappen, ich komme erst am Montag zurück."

„Wo genau liegt eigentlich dieses Forsthaus?"

Noch so eine Michelle-untypische Frage!

„In Heubach im Odenwald."

„Nie gehört. Ist es schön dort?"

„Schön, aber verdammt einsam."

„Du Armer! Soll ich dich besuchen kommen?“

„Was?“

„Ich könnte dich besuchen kommen“, wiederholt sie und fügt mit ungewohnt sehnsuchtsvoller Stimme hinzu: „Ich vermisse dich nämlich total.“

„Ich ... äh ... ich dich auch“, murmele ich.

Was ist denn heute mit Michelle los? So anhänglich kenne ich sie gar nicht, diese offen geäußerte Zuneigung behagt mir auch nicht. Es ist doch alles gut so, wie es ist. Und es besteht überhaupt kein Grund, daran etwas zu ändern.

Für mich jedenfalls.

Michelle aber sieht das plötzlich anders.

„Du könntest mich deiner Familie vorstellen“, schlägt sie vor und scheint das wirklich ernst zu meinen.

„Aber ... aber nicht an Ostern“, entgegne ich hastig.

Das fehlte gerade noch!

Die Anwesenheit von gleich zwei Frauen, die meine Aufmerksamkeit verlangen, würde mich heillos überfordern: Auf der einen Seite Michelle, meine heimliche Geliebte, und auf der anderen Sina Müller, meine neue beste Fake-Freundin.

Nein, es geht nur eine nach der anderen. Nächste Woche wird Sina Müller hoffentlich Geschichte sein, und bis dahin muss Michelle sich gedulden.

Dummerweise will sie aber wohl nicht mehr länger warten.

„Warum nicht an Ostern? Irgendwann werden wir diesen nächsten Schritt gehen müssen.“

Auch jetzt könnte ich widersprechen. Tue ich aber nicht, denn sonst läuft das ziemlich sicher auf eine Grundsatzdiskussion zum Stand unserer Beziehung hinaus, zu der ich momentan weder Zeit noch Lust habe.

Also verdrehe ich die Tatsachen ein wenig. Nicht zum ersten Mal an diesem Tag, so langsam bekomme ich Übung darin.

„Das ist gerade ganz schlecht. Wir haben ein halbes Lazarett im Haus. Meine Mutter hat sich den Fuß gebrochen. Sehr schmerzhaft, sie braucht rund um die Uhr Betreuung. Meine Oma ist schwer rheumakrank und kann sich kaum bewegen. Und meine Schwester leidet nach der Geburt ihrer Zwillinge unter heftigen Depressionen.“

„Du lieber Himmel! Das klingt gar nicht gut.“

„Ist es auch nicht. Mein Vater, mein Schwager und ich werden rund um die Uhr beschäftigt sein. Ich hätte gar keine Zeit für dich. Warum wartest du mit deinem Besuch nicht, bis es allen wieder bessergeht?“

„Okay.“

Sie scheint nicht restlos überzeugt zu sein, doch sie widerspricht auch nicht. Stattdessen verabschiedet sie sich jetzt sehr schnell. Ich vermute, sie ist ein bisschen eingeschnappt.

Aber um dieses Problem kann ich mich später, nach Ostern, immer noch kümmern …

Kapitel 4

Blechkuchen mit Marzipanstreuseln

Sina

Pünktlich um neunzehn Uhr steht Alexander wieder vor meinem Laden.

Ich habe schon abgeschlossen und rechne gerade die Tageseinnahmen zusammen, als er an der Tür klopft – immer noch in Anzug und Krawatte, anscheinend ist er direkt vom Büro aus hergekommen.

Das bedeutet, dass er Hunger und Durst hat.

Perfekt!

Ich habe nämlich einen kleinen Imbiss für uns vorbereitet.

Frisch gebackenes Brötchenkonfekt, pikante Käsecreme und Oliven vom Griechen gleich nebenan, eine Flasche Wein aus dem italienischen Supermarkt, und zum Nachtisch gibt es Blechkuchen mit Marzipanstreuseln – seinen Lieblingskuchen, der montags eigentlich gar nicht auf meinem Programm steht. Doch ihm zuliebe habe ich mich vorhin noch einmal in die Backstube gestellt.

Das Ergebnis kann sich sehen lassen. Der Kuchen ist erst seit einer Stunde aus dem Ofen und verströmt den typisch warmen und süßen Duft von frisch gebackenem Teig.

Auch an mir selbst habe ich gearbeitet, um mich etwas ansehnlicher zu machen. In der Mittagspause bin ich sogar extra nach Hause gelaufen, habe die Haare gewaschen und meine schönste Arbeitsbluse angezogen. So ein kurzärmliges Teil mit blauen und roten Streifen in Längsrichtung, die mich hoffentlich ein wenig schlanker erscheinen lassen.

„Kommen Sie rein!“ Ich verschließe die Tür wieder und deute auf das Sofa. „Setzen Sie sich doch!“

Er nimmt Platz, zieht sein Jackett aus und schaut sich interessiert um. „Ohne Kuchen und Brötchen wirkt das Geschäft irgendwie unheimlich. So leer.“

„Ja, ich weiß.“

Ich habe bereits alle Deckenlichter gelöscht, nur die alte Stehlampe neben dem Sofa brennt noch und verbreitet eine angenehm gemütliche Stimmung. Um für ein wenig mehr Privatsphäre zu sorgen, habe ich auch die Verdunkelungsrollos am Schaufenster heruntergezogen. Das mache ich oft, wenn ich abends noch im Laden zu tun habe.

„Tja, also ...“ Er räuspert sich ein paarmal und mustert mich abschätzend.

Prompt erröte ich. An diesen ständigen Blickkontakt werde ich mich erst noch gewöhnen müssen. „Ja?“

„Das kam heute Morgen alles ein wenig plötzlich.“

Oh nein! Er wird unser Vorhaben doch wohl hoffentlich nicht wieder abblasen wollen? „Möchten Sie ... möchten Sie lieber doch nicht, dass ich ... äh ...?“

„Natürlich will ich! Sie sind das Beste, was mir in dieser blöden Situation passieren konnte.“ Jetzt wechselt meine Gesichtsfarbe sicherlich von Rot auf Pink. „Aber was ist mit Ihnen? Vielleicht sind *Ihnen* mittlerweile Bedenken gekommen?“

Soll das ein Witz sein? „Nein.“

„Dann halten Sie unsere Vereinbarung immer noch für eine tolle Idee?“

„Ja. Ich kann das Geld nämlich gut gebrauchen. Und ich bin neugierig auf den Odenwald.“

Das war jetzt nicht einmal gelogen, jedenfalls nicht *sehr*.

„Von wie viel Geld reden wir eigentlich?“

Ich nenne ihm eine Summe, über die ich den ganzen Tag nachgedacht habe. Nicht zu viel, aber auch nicht zu wenig. Es soll schließlich echt wirken.

Er nickt. „Das ist ein fairer Preis.“

„Von wann bis wann werden wir weg sein?“

„Von Donnerstag bis Montag. Ist das okay?“

„Ja, das kann ich einrichten.“

„Also sind wir uns einig.“

Er klingt erleichtert, und wir schütteln uns etwas förmlich die Hand. Meine Finger zittern ein wenig. Ich hoffe, er bemerkt das nicht. Außerdem verspüre ich plötzlich so eine Art Kribbeln zwischen uns – was mich nur noch nervöser macht, als ich ohnehin schon bin. Rasch ziehe ich meine Hand zurück.

Alexander scheint meine Unsicherheit nicht zu spüren. Das Kribbeln hat er vermutlich auch nicht bemerkt, denn er sitzt immer noch vollkommen entspannt da. „Wir sollten Du zueinander sagen“, schlägt er vor. „Gute Freunde siezen sich nicht.“

Wo er recht hat, hat er recht. „Ich bin Sina. Sina Müller.“

„Alexander Goldstein."

„Alexander", wiederhole ich und lasse mir für jeden Buchstaben extra viel Zeit. Es ist schließlich das erste Mal, dass ich ihn so nennen darf.

„Also, Sina ...", beginnt er. „Wir haben noch ein bisschen Arbeit vor uns. Wir müssen Speisepläne entwerfen und Einkaufslisten schreiben. Und dann sollten wir auch noch ein paar Informationen übereinander austauschen. Es wäre auffällig, wenn wir gar nichts voneinander wüssten."

„Gute Idee!"

Dieser Informationsfluss wird einseitig ausfallen, denn ich weiß ja schon viel über ihn. Aber egal – solange das bedeutet, dass er neben mir auf dem Sofa sitzt und sich mit mir unterhält, höre ich mir das gern alles noch einmal an.

Vorher jedoch sollte er noch von den guten Sachen probieren, die ich vorbereitet habe. „Wollen wir nicht zuerst etwas essen? Sie müssen ... ich meine ... du musst hungrig sein."

„Das bin ich." Erfreut lässt er seinen Blick über die Köstlichkeiten auf dem Tisch wandern. „Sehr sogar."

„Na dann, guten Appetit!"

Alexander

Diese Frau kann hellsehen.

Anders kann ich mir das nicht erklären. Sie hat mit sicherem Instinkt genau meine Lieblingsspeisen erwischt: schwarze Oliven zum Beispiel, lecker eingelegt in Thymian und Rosmarin. Frische Mini-

Brötchen. Und Käsecreme, die mit Paprika, Knoblauch und Kräutern pikant gewürzt ist.

„Oliven und Käse sind vom Griechen nebenan“, sagt sie, als ich mir zum dritten Mal nehme.

„Das dachte ich mir. Da hole ich hin und wieder mein Abendessen.“

„Wirklich?“ Sie lächelt in sich hinein und nippt an ihrem Rotweinglas.

Auch beim Wein hat sie genau meine Lieblingssorte erwischt: einen Barolo, ein verteufelt gutes Zeug. Nach dem zweiten Glas wird mir warm, und ich ziehe meine Krawatte aus.

„Mach es dir ruhig bequem!“, kommentiert sie das mit einem weiteren Lächeln. „Und dann erzählst du mir alles, was ich über deine Familie wissen muss.“

„Wir sind ein ziemlich bunter Haufen.“

Normalerweise bin ich nicht sehr mitteilsam, was mein Privatleben betrifft. Aber Sina muss ja schließlich wissen, mit wen sie es zu tun kriegt. Außerdem hat sie irgendetwas an sich, das mich zum Reden bringt.

Das ... oder der Wein.

„Meine Oma Trudi ist schon siebenundachtzig Jahre alt und wegen ihres Gelenkrheumas in ihren Bewegungsmöglichkeiten stark eingeschränkt. Aber ansonsten ist sie topfit.“

„Lebt sie allein?“

„Sie wohnt in einer kleinen Einliegerwohnung bei meinen Eltern in Aschaffenburg.“

„Sind die beiden noch berufstätig?“

„Ja. Mein Vater hat eine eigene Schreinerei, und meine Mutter ist Lehrerin. Jörg und Renate, ihre Namen solltest du kennen. Und dann gibt es noch meine große Schwester Nora und ihren Mann Tom, die gemeinsam eine Anwaltskanzlei führen. Sie haben inzwischen drei Kinder: die vierjährige Leonie und die beiden Babys Oskar und Paul."

„Zwillinge?"

„Ja. Vor zweieinhalb Monaten auf die Welt gekommen."

„Wohnen sie auch in Aschaffenburg?"

„Nein, im Umland, aber nicht weit von der Stadt entfernt." Ich gieße uns noch ein Glas Wein ein.

„Lass dir bitte noch ein wenig Platz für den Nachtisch!", sagt Sina und deutet auf den Streuselkuchen.

„Der hat immer Platz", behaupte ich und nehme mir gleich mal ein Stück.

Wie lecker! Der goldgelbe Boden schmeckt weich und saftig, die Streusel süß und knusprig. Genießerisch verdrehe ich die Augen. „Ich glaube, ich bin im Paradies gelandet", murmele ich mit vollem Mund.

Sie lacht.

Jetzt, wo sie ihre anfängliche Schüchternheit abgelegt hat, tut sie das häufiger, und es gefällt mir. Bislang habe ich sie ja kaum wahrgenommen. Für mich war sie lediglich einer von vielen Menschen, die mir den Alltag erleichtern.

Aber nun stelle ich überrascht fest, wie klug, humorvoll und warmherzig sie ist. Ich fühle mich wohl in ihrer Nähe.

Und auch ihr Äußeres kann sich durchaus sehen lassen. Natürlich nur, wenn man auf kleine blonde Frauen in gestreiften Blusen steht ...

Ich bin so vertieft in meine neuen Erkenntnisse, dass ich ihre nächste Frage überhöre.

„Hast du noch mehr Geschwister?“, wiederholt sie, als sie meinen fragenden Blick bemerkt.

„Es gibt noch Jonathan, meinen jüngeren Bruder. Der ist das schwarze Schaf in unserer Familie.“

„Warum?“

„Zweimal sitzengeblieben, einmal vorbestraft und mehrere Studiengänge abgebrochen. Er mogelt sich mehr schlecht als recht durchs Leben.“

„Manche Menschen brauchen länger, um ihren Weg zu finden.“

Ich winke ab. „Mein Bruder will seinen Weg gar nicht finden, der irrt gerne planlos umher. Hin und wieder gabelt er am Wegesrand ein Mädchen auf. Seine derzeitige Flamme heißt Kim und wird auch im Forsthaus sein.“

Sie runzelt die Stirn. „Das sind jetzt, uns und die Kinder mitgerechnet, zwölf Personen.“

„Sind das zu viele? Willst du es dir noch mal überlegen?“ Auch ich bekomme plötzlich Angst vor so viel Verantwortung.

„Nein, nein, schon okay. Ich stehe zu meinem Wort.“

„Super!“ Erleichtert nehme ich mir noch ein Stück Streuselkuchen. „Du wirst schon sehen, mit der richtigen Planung wird das alles perfekt klappen.“

Kapitel 5

Feine Nuss-Nougat-Kringel

Sina

„Ist das schön hier!“

Begeistert blicke ich mich um.

Wir stehen am Straßenrand inmitten einer Waldlichtung. Um uns herum nur Bäume, Moos und Farn. Die Sonne blinzelt hinter ein paar harmlosen Schönwetterwolken hervor und malt helle Muster auf den Waldboden, der an vielen Stellen in einem blauen Blütenmeer versinkt.

„Leberblümchen“, hat Alexander mir gerade erklärt.

Vereinzelt sind sogar schon Hummeln und Bienen unterwegs, die emsig von Blüte zu Blüte schwirren. Die Luft riecht wunderbar frisch und würzig, und überall um uns herum zwitschern die Vögel.

„Woher kennst du den Namen der Blumen?“

„Weil ich mich für solche Dinge interessiere. Ich bin gern im Wald.“

„Warum lebst du dann in einer Großstadt?“

„Manchmal frage ich mich das auch.“ Alexander zuckt mit den Schultern. „Vielleicht, weil die Jobs in Frankfurt besser bezahlt sind als hier draußen.“ Dann kramt er seinen Autoschlüssel hervor. „Können wir jetzt endlich weiter?“

„Wenn es sein muss.“ Nur schwer kann ich mich von diesem frühlingshaften Anblick losreißen.

„Irgendwann möchte ich ankommen." Er schaut auf seine Uhr. „Es ist gleich schon Mittag."

„Hast du etwa Hunger?"

„Machst du Witze? Ich habe gerade eine ganze Tüte Nusskekse gegessen."

„Feine Nuss-Nougat-Kringel", korrigiere ich ihn.

„Ich werde versuchen, mir das zu merken." Er klopft auf seinen Bauch. „Auf jeden Fall waren sie superlecker."

„Das Rezept ist neu, du warst mein erster Testesser."

„Na, wenn das so ist, dann kriegst du von mir die Note eins."

„Danke!"

„Du darfst mich gern wieder als Testesser missbrauchen."

„Mache ich."

„Und jetzt komm endlich!"

„Nur noch ein letztes Foto." Ich zücke meine Kamera und fotografiere einen der dicken, bemoosten Baumstämme.

„Sina! Bitte! Wir haben schon im Dorf gehalten. Außerdem bei einer Herde Kühe, bei einem kleinen Fohlen, am alten Brunnen und vor der Waldkapelle. Wie viele Fotos möchtest du denn noch machen?"

„Keine Ahnung. So viele, bis ich alles geknipst habe."

„Bloß nicht!" Er stöhnt und öffnet die Fahrertür.

Ich steige ebenfalls ein und stecke meinen Fotoapparat zurück in die Handtasche. Dann schiebe ich meine Füße vorsichtig zwischen zwei Kisten Rotwein. Seit wir Frankfurt am Vormittag verlassen haben, muss ich mit diesem wenigen Platz leben, denn Alexanders kleiner Toyota ist vollgepackt bis obenhin mit Reisetaschen und Lebensmitteln.

„Warum sind wir eigentlich nicht in Heubach einkaufen gegangen?", frage ich ihn.

„Da bist du doch gerade selbst durchgefahren. Hast du einen Laden gesehen?"

„Nein."

Aber dafür ein malerisches kleines Dörfchen. Wunderschöne alte Fachwerkhäuser, viele mit wildem Wein bewachsen. Die Stadtkirche mit dem großen Glockenturm. Davor der Marktplatz. Und immer und überall Blumen: Stiefmütterchen, Primeln und Osterglocken, gepflanzt in runden Kübeln auf der Straße oder in den Blumenkästen vor den Fenstern.

„Es war schon richtig, dass wir noch in Frankfurt shoppen gegangen sind." Alexander nickt zufrieden, während er das Auto startet. „Jetzt haben wir alles und müssen uns zumindest um die Lebensmittel keine Gedanken mehr machen."

„Du hast das alles ja auch generalstabsmäßig vorbereitet."

Hat er wirklich.

Nicht nur am Montag, sondern auch am Dienstag und am Mittwoch haben wir abends auf meinem Sofa gesessen und Pläne für die kommenden Tage geschmiedet. Ich weiß jetzt, dass Familie Goldstein beim Essen eher unkompliziert ist. Keine Allergien, keine besonderen Wünsche. Aber die schiere Menge, die ich zubereiten muss, macht mich doch ein wenig nervös. Ich habe ja nicht – wie in meiner Backstube –

diverse technische Hilfsmittel und Großgeräte zur Hand.

Dafür aber mit Alexander jemanden an meiner Seite, der extrem strukturiert und organisiert ist und To-do-Listen für alle möglichen Tätigkeiten erstellt.

Trotzdem dachte ich zuerst, er mache einen Scherz, als er am zweiten Abend seinen Laptop aus der Tasche zog und aufklappte. Doch es war sein voller Ernst.

„Ich bin noch nie mit einer Excel-Liste einkaufen gegangen", sage ich jetzt und fahre mein Seitenfenster herunter.

„Einmal ist immer das erste Mal." Er grinst. „Hat aber doch geholfen, oder etwa nicht?"

Ich nicke, hochbeglückt über sein Lächeln, das hier im Auto ganz allein mir gilt. Vorsichtshalber kneife ich mich in den Oberarm. Wie öfters in den letzten drei Tagen – meine Haut ist an dieser Stelle schon ganz violett.

Nein, ich träume nicht, das hier passiert wirklich: Ich sitze neben Alexander Goldstein im Auto und fahre mit ihm in ein langes Wochenende. Das ist sogar noch besser als jede meiner bisherigen Fantasien!

Natürlich bin ich mir im Klaren darüber, dass ich ihn nicht für mich allein haben werde. Seine Familie scheint chaotisch und anstrengend zu sein, das habe ich aus den Schilderungen der letzten drei Tage heraushören können. Es sind ganz schön viele Namen und Informationen, die ich mir merken muss. Aber da ich vieles aus meinen belauschten Telefonaten schon vorher wusste, schaffe ich das problemlos.

Alexander wundert sich natürlich ein bisschen über mein gutes Gedächtnis, doch er schöpft keinen Verdacht. Stattdessen ist er heilfroh darüber, dass unsere Zusammenarbeit so reibungslos funktioniert.

Wir haben bei unseren abendlichen Treffen nicht nur diverse Speise- und Einkaufspläne erstellt, sondern sind uns auch persönlich ein bisschen nähergekommen. Dass wir Du sagen, war nur der erste Schritt. Darauf folgte am zweiten Tag der Austausch wichtiger Eckdaten, einschließlich unserer Adressen. Am dritten Abend habe ich dann sogar seine private Handynummer bekommen. Wer hätte gedacht, dass *ich* mal die Glückliche am anderen Ende der Leitung sein werde?

„Hast du Schmerzen im Arm?"

„Hm?"

„Du kneifst dich seit zwei Minuten immer in die gleiche Stelle."

„Ach, das ist nur eine dumme Angewohnheit."

Ich lasse meine Hände sinken und werfe ihm einen verstohlenen Blick zu. Es ist heute das erste Mal, dass ich ihn in Freizeitkleidung zu sehen bekomme, und mir gefällt, was ich sehe. Er trägt Jeans, ein einfaches graues Poloshirt und Turnschuhe. Das lässt ihn weniger erwachsen erscheinen.

Außerdem bieten mir die kurzen Ärmel des Shirts einen fantastischen Blick auf seine durchtrainierten Arme. Ich wusste gar nicht, dass man beim Rudern so tolle Muskeln bekommen kann!

„Suchst du dir jetzt eine Stelle an *meinem* Arm aus, die du kneifen kannst?"

„Nö, schon gut.“ Verlegen wende ich die Augen ab und drehe am Radio herum.

„Das brauchst du jetzt auch nicht mehr anzumachen, wir sind gleich da.“ Alexander verlangsamt die Fahrt und biegt auf einen ungeteerten Schotterweg ab. Gleich darauf kommt das Forsthaus in Sicht.

Ach, was sage ich?

Das ist kein Haus, das ist fast schon ein kleines Waldschlösschen, das dort auf einer großen Lichtung steht. Es ist verwinkelt gebaut, mit mehreren Erkern, Gauben und kleinen Türmchen am Dach. Fachwerkholz und Eingangstür schimmern in frisch lackiertem Rotbraun.

Die Fensterläden sind hellblau gestrichen und bereits überall geöffnet. Nur im Dachgeschoss gibt es keine, hier ist die vordere Wand direkt unter dem Giebel komplett verglast. Offenbar befindet sich dort ein ausgebautes Studio.

„Das ist mein Reich.“ Alexander ist meinem Blick gefolgt.

„Cool!“

„Gefällt dir das Haus?“

„Es ist traumhaft.“

Ein besseres Wort fällt mir auf die Schnelle nicht ein. Ich bin immer noch damit beschäftigt, mich umzusehen und zu staunen. Es ist ja nicht nur das Haus, das mich so begeistert, obwohl das allein schon Grund genug wäre.

Es ist auch die Umgebung.

Gleich hinter dem Haus fängt der Wald an, hohe Nadelbäume bewegen sich leicht im Frühlingswind.

Links und rechts des Weges befinden sich große Streuobstwiesen. Die ersten Kirschbäume haben bereits zu blühen begonnen und die Wiese in einen Traum aus Weiß und Grün verwandelt. Im Vorgarten entfalten ein paar Forsythien und Osterglocken ebenfalls ihre ersten Knospen.

Alexander parkt direkt vor dem Gartenzaun. Auch hier wurde der Boden mit Kies aufgeschüttet, der Platz reicht locker für vier bis fünf Autos. Was angesichts seiner großen Familie vermutlich auch notwendig ist.

„Können wir noch ein bisschen warten mit dem Ausladen? Das Licht ist gerade so schön." Ich streife meine Schuhe ab und schnappe mir den Fotoapparat. Als ich die Tür öffne, kann ich Alexanders amüsiertes Lächeln hinter meinem Rücken förmlich spüren.

Schlagartig wird mir warm ums Herz.

Ich glaube, ich bin wirklich im Paradies gelandet!

Das Gras duftet herrlich. Es ist ein wenig nass, aber total angenehm unter meinen Füßen. Ein paar Spatzen, die sich durch unser Auftauchen gestört fühlen, fliegen mit lautem Gezeter von einem Fliederbusch auf, nur um gleich darauf in einem Kirschbaum zu landen und weiterzuschimpfen. Irgendwo gurgelt ein Bach, und jetzt kommt auch noch die Sonne hinter einer harmlosen kleinen Wolke hervor.

Glücklich drehe ich mich ein paarmal um mich selbst und halte dann inne. Alexander ist inzwischen ebenfalls ausgestiegen und lehnt mit dem Rücken gegen das Auto.

Er hat seine Sonnenbrille aufgesetzt, sodass ich nicht so genau sagen kann, ob er mich beobachtet oder nicht.

Nun, ich kann es mir ja zumindest mal einbilden!

Alexander

Durch die dunklen Gläser schaue ich Sina dabei zu, wie sie fröhlich durchs Gras hüpft. Irgendwie kann ich mich an ihrer Lebensfreude gar nicht sattsehen.

Seit zehn Minuten läuft sie jetzt schon barfuß herum und fotografiert unser Haus aus jedem möglichen Blickwinkel. Mal kommt ein Obstbaum mit aufs Bild, mal die alte Viehtränke oder mein Auto. Sogar von mir hat sie schon ein paar Schnappschüsse gemacht.

Ihr Tatendrang wirkt ansteckend, sodass auch ich mein Handy zücke. Später werde ich ein oder zwei Bilder an Michelle schicken, damit sie weiß, wo ich die Feiertage verbringe. Das wird sie hoffentlich ein wenig aufheitern. Das – und die Tatsache, dass ich sie nach den Feiertagen in ein sündhaft teures Restaurant einladen werde.

Ich weiß eigentlich selbst nicht so genau, warum ich das vorhabe. Ein schlechtes Gewissen muss ich nicht haben. Oder doch?

In diesem Moment kreischt Sina auf.

Sie hat den kleinen Weiher entdeckt und ihre Füße ins Wasser getaucht. Das Wasser ist kalt, nehme ich an, aber das scheint sie nach dem ersten Schreck nicht weiter zu stören. Begeistert hüpft sie von Stein zu Stein, rutscht ab, rudert mit den Armen und fängt sich wieder. Dabei lacht und redet sie die ganze Zeit, erwartet aber offensichtlich keine Antwort von mir.

Eigentlich ist sie ja echt süß.

Also … nicht mein Geschmack, aber trotzdem süß.

Statt ihrer üblichen Schürze trägt sie heute Jeans und ein dunkelrosa T-Shirt, das ziemlich knapp ausfällt und deshalb ihre Rundungen deutlich betont. Die blonden Haare hat sie zu Zöpfen geflochten, die ihr links und rechts über die Schulter fallen und sich schon halb aufgelöst haben. Immer wieder muss sie sich eine Strähne aus dem Gesicht streichen.

Mir ist schon letzte Woche aufgefallen, dass sie sich nicht schminkt. Weder im Geschäft noch privat. Das muss sie auch gar nicht. Strahlende Augen, volle Lippen und leicht gebräunte Haut – das alles sieht bei ihr total natürlich aus. Was kann künstliche Farbe da noch verbessern?

Jetzt blickt sie auf und winkt zu mir herüber, bevor sie ihre Hosenbeine hochkrempelt, die Luft anhält und ihre Füße noch tiefer ins Wasser taucht. Ich winke zurück und kann mir ein Lächeln nicht verkneifen. Ich muss oft lächeln, wenn sie in meiner Nähe ist. Sie hat irgendetwas an sich, was einen sofort fröhlich und optimistisch stimmt.

Außerdem nimmt sie ihren Job bei mir sehr ernst. So ernst, dass sie sich sogar den ganzen Donnerstag freigenommen hat, um mit mir einkaufen zu gehen und dann in den Odenwald zu fahren.

Ihre rothaarige, gepiercte Kollegin – Ellie, wie ich inzwischen weiß – hat nicht besonders begeistert auf

Sinas Pläne reagiert. Überhaupt behandelt mich diese Frau neuerdings sehr kühl, fast schon unfreundlich.

Keine Ahnung, was ich ihr getan habe.

Aber Sina hat sich zum Glück nicht von ihrem Vorhaben abbringen lassen und sich mit Feuereifer in die Vorbereitung des Wochenendes gestürzt. Wir haben uns dreimal bei ihr im Laden getroffen, inzwischen fühle ich mich sogar auf ihrem hässlichen Sofa ganz wohl. Es war einfach schön, abends mit einem Lächeln empfangen zu werden.

Außerdem hat sie jedes Mal eine Kleinigkeit zu essen vorbereitet und zu meiner Begeisterung dabei hundertprozentig meinen Geschmack getroffen. Sie muss einen guten Draht zu den Imbissbuden in der Umgebung haben. Nach den Oliven und der Käsecreme am Montag gab es am Dienstag Schweinefleisch süß-sauer vom Chinesen und am Mittwoch Currywurst extra scharf aus der Pommesbude.

Den Nachtisch hat sie natürlich immer selbst gemacht: frische Erdbeertorte mit Sahne am Dienstag, und gestern hat sie mich mit Vanille-Kekscreme überrascht – eins meiner liebsten Desserts, das niemand so gut zubereiten kann wie Sina.

Nein, eine bessere Köchin und *beste Freundin* hätte ich nicht finden können, selbst wenn ich mich tatsächlich auf die Suche nach einer gemacht hätte. Die Entscheidung, sie zu engagieren, war goldrichtig. Sina ist freundlich und unkompliziert, sie wird sich wunderbar mit meiner Familie verstehen. Niemand wird unseren kleinen Schwindel bemerken.

„Was ist eigentlich in dieser Kiste?“, fragt Alexander, als er mit dem großen Karton in die Küche kommt, in dem vor ein paar Tagen noch die Himbeerbonbons geliefert wurden.

„Ostersüßigkeiten“, antworte ich. „Vieles von dem, was sich bislang nicht verkauft hat. Die Reste biete ich nach den Feiertagen zum halben Preis an, aber die besten Sachen habe ich für uns eingepackt.“

Er öffnet den Deckel. „Marzipan- und Nougateier. Schokohasen. Fondant-Küken. Wenn ich nicht so voll von den Keksen wäre, würde ich jetzt zugreifen!“

„Finger weg! Die gibt es erst nach Karfreitag.“

„Du meinst, zusätzlich zu Osterlamm und Hefezopf? Oh Mann, ich werde total verfetten.“

„Wirst du nicht. Dick wird man nicht an den Feiertagen, sondern in der übrigen Zeit.“

„Wollen wir es hoffen.“ Er schnappt sich meine Reisetasche. „Komm, ich zeige dir dein Zimmer.“

„Bist du schon fertig mit dem Ausräumen des Autos?“

„Ja. Steht jetzt alles im Flur.“

„Die Lebensmittel müssen in den Kühlschrank.“ Ich deute auf die gut gefüllten Einkaufstaschen.

„Wird gleich erledigt. Aber zuerst kriegst du eine kleine Hausführung.“

„Du meinst, es gibt noch mehr Zimmer außer dieser gigantisch großen Küche?“

„Gefällt sie dir?“

„Sie ist traumhaft schön. Aber größer als meine gesamte Wohnung.“ Allein im Erker mit den vielen Fenstern, wo ein alter, massiver Holztisch und mehrere bequeme Stühle zum Sitzen einladen, würden mein Schlafzimmer und mein Badezimmer problemlos hineinpassen.

„Früher waren die Küchen alle so groß, weil die Leute sich gern im Warmen aufgehalten haben.“

„Kann ich verstehen.“

Denn trotz seiner Größe wirkt der Raum äußerst behaglich. Das liegt sicherlich zum Teil am Holzfußboden und an der niedrigen Decke mit dem alten Gebälk. Absoluter Blickfang sind jedoch ein Kachelofen und ein antiker Buffetschrank.

Auf der anderen Zimmerseite schließt sich der moderne Teil der Küche an. Hier wurden die Materialien so geschickt gewählt, dass sie mit der übrigen Einrichtung perfekt harmonieren. Alles ist entweder aus Holz, Stein oder Edelstahl. Ich entdecke Herd, Kühlschrank, Spülmaschine, Mikrowelle und außerdem reichlich freie Fläche auf den Arbeitsplatten.

Gut! Hier werde ich mich ausbreiten können.

Mehrere bunte Fotografien von exotischen Früchten und Gewürzen, rote Vorhänge, eine rot-weiß karierte Tischdecke sowie ein Regal voller Kochbücher sorgen für fröhliche Farbtupfer. Und wenn ich später noch meine mitgebrachten Kräutertöpfe und ein wenig Osterdekoration verteilt habe, werde ich mich hier pudelwohl fühlen.

„Ich kann auch gerne in der Küche schlafen“, sage ich deshalb scherzhaft zu Alexander, als wir den Gang im Treppenhaus entlanglaufen. „Das würde mir gar nichts ausmachen."

Er lacht. „Warte doch erst einmal, bis du den Rest des Hauses gesehen hast!"

Das Wohnzimmer ist noch größer als die Küche, und auch in diesem Raum gibt es einen großen Kachelofen und Holzbalken an der Decke. Dazu ein Sofa mit extra breiter Sitzfläche, mehrere Sessel und Holzregale, die mit Büchern vollgestopft sind, einen Flachbildfernseher und eine alte Truhe, auf der diverse Flaschen mit Alkohol stehen.

„Unsere Hausbar", erklärt Alexander. „Spätestens am zweiten Abend mit meiner Verwandtschaft wirst du ein Glas brauchen. Oder auch zwei."

„Das sieht alles so sauber und aufgeräumt aus."

„Eine Frau aus dem Dorf macht regelmäßig sauber, bevor wir kommen."

Wir gehen weiter, die Treppe hinauf in den ersten Stock. Hier sind die Räume nicht so groß wie unten, aber ebenso gemütlich eingerichtet. Es gibt je ein Schlafzimmer für Alexanders Eltern, seine Oma, seine Schwester mit Familie und seinen Bruder. „Wir haben es sogar geschafft, jedem ein eigenes Bad einzubauen", erzählt mir Alexander stolz.

Ich bin beeindruckt. „Wie lange hat der Umbau gedauert?"

„Vielleicht vier Jahre. Ich weiß es gar nicht mehr so genau. Mein Vater und ich, wir haben das ja alles in unserer Freizeit erledigen müssen."

„War das Haus schon immer in Familienbesitz?"

„Nein, meine Großeltern haben es gekauft, als feststand, dass die Forstbehörde es nach der

Pensionierung meines Opas nicht mehr haben wollte. Er ist der Förster hier im Revier gewesen und hat fast sein ganzes Leben in diesem Haus verbracht. Leider haben meine Großeltern ihren Ruhestand nicht mehr genießen können, sie sind früh gestorben."

„Waren das die Eltern deines Vaters?"

„Nein, die Eltern meiner Mutter. Deshalb hängt meine Mutter ja auch so an diesem Ort."

„Das kann ich verstehen." Behutsam streiche ich mit der Hand über eine Kommode aus Mahagoniholz, die im Gang neben der Treppe steht. „Stell dir vor, diese Wände oder die alten Möbel könnten reden. Was die alles zu erzählen hätten."

„Das sagt meine Mutter auch immer. Wahrscheinlich werdet Ihr euch prima verstehen."

Das hoffe ich!

Er deutet nach oben. „Lass uns weitergehen!"

Die Treppe ins Dachgeschoss führt zunächst in einen Vorraum, von dem aus drei Türen abgehen. Alexander öffnet die mittlere, und schon stehen wir in seinem geräumigen Dachstudio.

Hier gibt es zwar auch viel Holz im Dachgebälk und in den Schrägen, aber ansonsten ist die Einrichtung wesentlich moderner und schlichter als in den übrigen Zimmern.

Fast schon spartanisch.

Elegant, aber nicht mein Geschmack. Mir ist der fröhliche Landhausstil in den anderen Räumen wesentlich lieber.

Die vordere Außenwand ist komplett verglast. Davor steht ein sehr edel und teuer aussehendes weißes Ledersofa, vermutlich ein Designer-Stück. Ob

Alexander oft dort sitzt und die grandiose Aussicht auf den Wald und das Dorf bewundert?

Ich lasse meinen Blick weiterwandern, doch viel gibt es nicht mehr zu entdecken. Der Raum ist so gut wie leer, bis auf einen einsamen Stuhl, ein Futon-Bett, ein paar eingebaute Schränke zu beiden Seiten der Dachschräge und einem Schreibtisch mit dicker Glasplatte – auf dem merkwürdigerweise überhaupt nichts liegt. Nicht einmal ein Blatt Papier oder ein Stift.

Auch sonst scheint er keinen Wert auf üppige Dekoration zu legen. Ein großes Bild mit abstrakter Malerei in Schwarzweiß, das auf dem Boden steht, sowie eine Säule mit Kieselsteinen sind die einzigen Accessoires, die ich entdecken kann.

„Und? Wie findest du es?"

„Das ... äh ... ist so anders als der Rest."

„Hier hat niemand mitgeredet, ich durfte alles nach meinem ganz persönlichen Geschmack gestalten."

„Hübsch." Selbst ich kann sofort heraushören, wie unaufrichtig das klingt. „Und ... äh ... wo soll ich schlafen?", füge ich schnell noch hinzu, bevor er mir weitere Fragen zu seinem asketischen Einrichtungsstil stellen kann.

Kaum zu glauben, dass dieser Mann ein erfolgreicher Innenarchitekt sein soll!

„Du bist gleich nebenan."

Ich folge ihm ins Treppenhaus.

„Links ist das Bad. Das müssen wir uns teilen. Und hier ...", er öffnet die rechte Tür, „hier schläfst du."

Ich trete ein, schaue mich um – und atme auf.

Denn dieses Zimmer ist zum Glück nicht nach Alexanders persönlichem Geschmack eingerichtet worden, sondern genauso ansprechend wie der Rest des Hauses. Ein Bett, ein alter Bauernschrank, zwei Ohrensessel und eine Spiegelkommode, mehr hat nicht Platz.

Trotzdem wirkt der Raum warm und gemütlich.

Ich öffne ein Fenster. „Wahnsinn! Ich habe ja direkten Blick auf die großen Tannen und die Berge."

„Na ja, Berge würde ich das nicht gerade nennen. Eher Hügel." Alexander tritt neben mich. „In der Dämmerung kann man von hier aus manchmal Rehe sehen."

„Wunderschön!"

„Und bei Nacht musst du unbedingt auch mal rausgucken. Der Sternenhimmel ist viel klarer als in der Stadt. Man kann sogar die Milchstraße erkennen. Ich habe schon viele Fotos davon gemacht. Die zeige ich dir später."

Ich muss über seine Begeisterung lächeln. Es gefällt mir, dass ich zur Abwechslung mal etwas Neues über ihn erfahre.

„Was ist?", will er wissen.

„Ich wusste nicht, dass du ein Sternegucker bist."

„Warum überrascht dich das so? Es gibt viele Dinge, die du nicht weißt über mich."

Da wäre ich mir an seiner Stelle nicht so sicher!

„Machst du das öfters?"

„Was? Sternegucken? Nur, wenn ich hier bin. In der Stadt hätte das wenig Sinn."

„Und wie oft kommst du hier raus?“, frage ich, obwohl ich die Antwort längst kenne.

Aber komischerweise macht es auf einmal für mich einen großen Unterschied, ob er mir etwas persönlich erzählt, oder ob ich es erlauscht habe.

Seine Anwesenheit füllt mein Wissen mit Leben.

Das ist fast so wie beim Backen: ein frisch gebackener Kuchen ist etwas völlig anderes als ein simples Rezept aus dem Kochbuch.

Viel gehaltvoller und realer.

„Ich versuche, jedes zweite Wochenende herzukommen“, sagt Alexander. „Das klappt aber nicht immer.“

„Warum nicht?“

„Weil ich inzwischen auch in Frankfurt viele Freunde und Bekannte habe, mit denen ich am Wochenende gerne etwas unternehme.“

Ja, auch das weiß ich. Ich könnte ihm sogar die Namen einiger Freunde nennen. Aber das tue ich natürlich nicht.

Alexander scheint mein Schweigen als Aufforderung zu verstehen, unser kleines Gespräch am Fenster zu beenden. Er schaut auf die Uhr. „Komm! Lass uns wieder runtergehen und einräumen, bevor meine Familie uns überfällt!“

Kapitel 6

Kokos-Mousse mit pürierten Erdbeeren

Sina

Überfall ist eine gute Wortwahl.

Denn Alexanders Familie kommt nicht einfach nur so an, sondern erscheint mit großem Gepolter und nimmt das Haus schnurstracks für sich ein.

Als Erstes humpelt seine Mutter in die Küche, dicht gefolgt von seinem Vater und der Oma. Wir haben das Auto gar nicht kommen hören, denn das Radio läuft, und wir sind mit den Vorbereitungen für das Abendessen beschäftigt: Frankfurter Grüne Soße mit Eiern und Kartoffeln. Alexander wäscht die Kräuter, während ich am Küchentisch stehe und Schmand, saure Sahne und Gewürze zusammenrühre.

Das gibt mir ein wenig räumlichen Abstand zu der herzlichen Begrüßungsszene, die sich jetzt direkt vor meinen Augen abspielt.

Renate Goldstein, Alexanders Mutter, ist eine kleine, zarte, aber sehr lebhafte Frau mittleren Alters. Ihre kurzen braunen Locken hüpfen bei jeder Bewegung vorwitzig auf und ab. Sie trägt eine weiße Bluse und eine dunkle Baumwollhose, ihr rechter Fuß steckt in einem dicken Verband. Obwohl sie sich nur mit Krücken fortbewegen kann, tut sie dies erstaunlich geschickt und vor allem schnell.

Noch bevor Alexander sich die Hände abtrocknen kann, ist sie bei ihm und drückt ihn an ihre Brust. Dass dabei die Krücken mit einem großen Knall zu Boden fallen, stört sie anscheinend nicht im Geringsten.

„Alexander, mein Schatz! Lass dich knutschen! Wie lange haben wir uns jetzt nicht gesehen?"

„Ganze zwei Wochen", antwortet er grinsend und erträgt ihre Liebesbekundungen routiniert und geduldig.

„Lass mich auch mal!"

Alexanders Oma Trudi sieht genauso aus, wie eine Oma aussehen muss: ziemlich mollig, weiße Haare, Brille mit Goldrand und ganz viele Lachfältchen im Gesicht. Sie bewegt sich nur sehr langsam und vorsichtig, doch auch sie hat jetzt ihren Enkelsohn erreicht. Erst in diesem Moment scheinen Renate Goldstein die Krücken wieder einzufallen, und sie blickt sich suchend um.

„Hier!" Ihr Mann hebt die Krücken vom Boden auf, während Alexander die nächste Umarmung, dieses Mal von seiner Oma, über sich ergehen lassen muss.

„Du bist dünner geworden, kann das sein? Isst du nicht genug, mein Junge?", will die alte Dame wissen und kneift ihn in die Wange. Dann fällt ihr Blick auf die vielen Kräuter im Waschbecken. „Du nimmst doch hoffentlich auch noch etwas anderes zu dir als dieses Grünzeug?"

„Ja, natürlich. Das sind doch nur die Zutaten für diese ... diese besondere Soße ...“

„Etwa grüne Soße? Die habe ich ja schon ewig nicht mehr gegessen!“, freut sich Alexanders Vater und klopft seinem Sohn zur Begrüßung auf die Schulter.

Jetzt, wo die beiden nebeneinanderstehen, sieht man, wie ähnlich sie sich sind. Beide sind großgewachsen und haben die gleichen schönen blauen Augen. Ja, sogar das kleine Grübchen am Kinn hat sich weitervererbt. Allerdings sind die Haare von Alexanders Vater nicht mehr dunkel, sondern grau. Und er trägt eine randlose Brille, die er nun zurechtrückt, um ins Waschbecken zu schauen.

„Was sind das denn für Kräuter?“

„Das ... äh ...“ Hilfesuchend wendet sich Alexander zu mir um.

„Borretsch, Kerbel und Kresse ...“, beginne ich mit leiser Stimme, während sich plötzlich alle Blicke auf mich richten. „Und dann noch Petersilie, Pimpinelle, Sauerampfer und Schnittlauch.“

„Wer ist das Mädchen?“, fragt Alexanders Oma erstaunt.

„Aber Mutti, das habe ich dir doch erzählt“, sagt Renate Goldstein und humpelt in eindrucksvoller Geschwindigkeit auf mich zu. „Das ist Alexanders Freundin.“

„Der Junge hat eine Freundin?“ Oma Trudi mustert mich mit neuem Interesse und kommt dann ein wenig näher. „Eine Blondine. Ich dachte immer, er steht auf knochige Brünette.“

„Also wirklich, Oma!“

„Nicht *seine* Freundin. *Eine* Freundin“, korrigiert Renate. Dabei sieht sie jedoch so aus, als ob sie selbst nicht so recht an das glaubt, was sie behauptet. Doch zu meiner Erleichterung lässt sie das Thema fallen und begrüßt mich freundlich.

„Schön, dass wir uns kennenlernen. Ich würde vorschlagen, wir wechseln gleich zum Du, sonst wird das hier eine sehr förmliche Veranstaltung.“

„Gern. Ich bin Sina“, entgegne ich schüchtern.

„Fein. Ich bin Renate, und das sind Trudi und Jörg.“

Artig schüttele ich drei Hände, dann stehen wir uns einen Moment lang etwas verlegen gegenüber.

Aber noch bevor jemand etwas sagen kann, kommt ein kleines dunkelhaariges Mädchen in die Küche gehüpft. Jubelnd stürzt sie sich in die Arme von Jörg Goldstein.

„Ooooopaaaaaa!“

„Leonie, meine Süße!“ Alexanders Vater drückt die Kleine an sich und wirbelt sie hoch, sodass ihr buntes Kleid durch die Gegend fliegt.

Sie gluckst, kichert und vergräbt ihr Gesicht an seiner Brust.

„Wo sind Mama und Papa? Noch draußen am Auto?“

„Leonie! Du sollst doch nicht wegrennen!“ Eine junge Frau stürmt herein. Sie trägt ein brüllendes Baby auf dem Arm. „Du bist voller Obstflecken. Wenn das jemand abbekommt ...“ Sie bricht ab, als sie das Mädchen auf Jörgs Arm entdeckt. „Oh ... schon passiert ... Hallo zusammen!“

Das muss dann jetzt wohl Alexanders Schwester Nora sein – sehr hübsch, mit braunen, kinnlangen Haaren, grünen Augen und einer tadellosen Figur.

Allerdings sieht sie müde und erschöpft aus.

Die Anspannung ihrer Miene verstärkt sich noch, als jetzt ein Mann mit einem weiteren schreienden Baby zur Tür hereinkommt. Er ist groß, trägt eine auffällige Brille und hat kaum noch Haare auf dem Kopf – was bei ihm allerdings nicht langweilig und kahl wirkt, sondern äußerst attraktiv.

„Hallo, Tom!“, brüllt Alexanders Mutter gegen das Geschrei an.

Tom lächelt in die Runde und gibt sein Baby bereitwillig an Oma Trudi weiter, als diese ihn am Ärmel zupft. Ich nutze die Chance, mich hinter Alexander zu verstecken. Dieser spontane Menschenauflauf hier in der Küche wird mir nun doch ein bisschen zu viel.

Eine Weile geht es hin und her. Begrüßungsküsse werden ausgetauscht, Flecken abgewischt, Babys beruhigt und die ersten Neuigkeiten ausgetauscht. Niemand achtet auf mich – bis zu dem Moment, als sich eine klebrige kleine Hand in meine schiebt.

„Wer bist du?“, will Leonie wissen. „Dich habe ich hier noch nie gesehen.“

Schlagartig verstummen alle.

Sogar die Babys.

Alexander tritt zur Seite und räuspert sich. „Das ist Sina. Eine Freundin von mir. Sozusagen ... mein bester Kumpel.“

Nora runzelt die Stirn. „Seit wann hast du weibliche Kumpel?“

„Seit ich Sina kenne.“

Sie mustert mich von Kopf bis Fuß. „Hast du dein Beuteschema geändert?“

„Das geht dich nichts an.“

„Nein. Aber diese Entwicklung ist interessant, und momentan kann ich jede Aufheiterung gut gebrauchen. Seid ihr sicher, dass ihr nicht ...“, sie machte ein paar unbestimmte kreisende Bewegungen mit ihrer Hand, „liiert seid?“

„Ja. Sehr sicher.“

„Was heißt liiert?“, fragt Leonie.

„So was wie Mama und Papa. Nur ohne die Babys“, erklärt Nora ihrer Tochter.

Als wenn sie auf ihr Stichwort gewartet hätten, fangen die beiden Kleinen jetzt wieder an zu schreien. Noras Seufzer ist trotzdem nicht zu überhören. „Sorry, das Kennenlernen muss warten“, sagt sie bedauernd zu mir.

Dann wendet sie sich an Tom und Alexander. „Die Jungs müssen dringend eine Runde ins Bett. Und das Gepäck ist auch noch im Auto. Alexander, du hilfst uns bitte!“

„Ich kann auch was nehmen“, meldet sich Alexanders Vater zu Wort. „Meine beiden Damen kommen doch jetzt erst einmal allein zurecht, oder?“

„Natürlich“, meint Renate. „Was hältst du davon, Mutti? Wir gehen langsam ins Wohnzimmer rüber und setzen uns gemütlich ans Fenster. Ich muss dringend meinen Fuß hochlegen. Möchtest du mitkommen, Sina?“

„Nein, ich kümmere mich lieber zuerst noch um die grüne Soße.“

„Ach ja?“ Renates skeptischer Blick wandert zwischen mir und Alexander hin und her. „Eigentlich sollte mein Sohn das Kochen übernehmen.“

„Ja, das tut er auch“, beeile ich mich, ihr zu versichern. „Aber solange er draußen hilft, kann ich doch hier weitermachen. Das macht mir wirklich nichts aus.“

„Also gut, wenn du unbedingt willst.“ Das Misstrauen verschwindet aus ihrer Miene. „Ein bisschen Abstand zu uns hast du dir jetzt wirklich verdient. Vermutlich bist du völlig überfordert von unserer wilden Begrüßung. Wir sind aber in Wirklichkeit gar nicht so schlimm, wie du jetzt vielleicht denkst. Das wirst du schon noch sehen.“ Sie lächelt mir freundlich zu und humpelt zur Tür hinaus.

Gefolgt vom Rest der Verwandtschaft.

Ich atme auf.

So schnell, wie sie aufgetaucht sind, sind alle auch wieder verschwunden. Doch das ist nur eine kleine Atempause.

Denn sie werden wiederkommen.

Laut, chaotisch und neugierig.

Vielleicht wird das hier doch nicht ganz so einfach und entspannt, wie ich mir das vorgestellt hatte …

Alexander

Sina hat sich beim ersten Kennenlernen meiner Familie prima geschlagen, ich bin echt stolz auf sie.

Gut, sie ist kaum zu Wort gekommen. Aber die neugierigen Blicke und Kommentare meiner

Verwandtschaft hat sie gleichmütig über sich ergehen lassen.

Auch den Rest des Tages meistert sie mit Bravour.

Denn natürlich lassen sich nacheinander noch einmal alle Familienmitglieder bei uns in der Küche blicken, trinken Kaffee und plaudern mit ihr.

Sie geht auf jedes Gespräch ein, ohne zu viel von sich selbst preiszugeben. Ich schätze mal, das hat sie durch den jahrelangen Umgang mit Kunden gelernt. Wenn ihr die neugierigen Fragen meiner Mutter oder die ironischen Bemerkungen von Nora zu viel werden, wechselt sie mit einem Lächeln so geschickt das Thema, dass es den beiden gar nicht auffällt.

Mir natürlich schon.

Aber ich kenne Sina ja inzwischen auch ein wenig besser.

Weil ich nicht viel zu tun habe, kann ich bei diesen Unterhaltungen bequem zuhören. Seit einer Stunde stehe ich jetzt schon am Herd und koche Eier. Viele, viele Eier – sowohl für die grüne Soße heute Abend, als auch fürs Eierfärben, das Sina meiner Nichte Leonie versprochen hat.

Eigentlich hatte ich mir den ersten Tag hier ganz anders vorgestellt. Ich wollte mich rausschleichen, sobald etwas Ruhe eingekehrt ist, und Sina die Küche überlassen.

Aber daran ist bei dem Trubel nicht zu denken, man würde mich sofort erwischen. Außerdem will ich gar nicht gehen, stelle ich etwas verwundert fest. Ich möchte Sina nicht allein lassen. Nicht an ihrem ersten Tag inmitten meiner lebhaften Familie.

„Wenn das so weitergeht, baue ich eine Drehtür ein“, sage ich zu ihr, als wir mal für fünf Minuten allein sind. Sie lacht und legt das Kartoffelschälmesser zur Seite. „Nein, ernsthaft. Was wollen die alle hier?“

„Sie sind neugierig.“

„Aber nur, weil du eine Frau bist. Meine männlichen Kumpel werden nicht so belagert.“ Vorsichtig hole ich die nächsten Eier aus dem kochenden Wasser und lege sie ins Spülbecken. „Ich wette, sie wären zurückhaltender, wenn ich dich nicht als meine *beste*, sondern als meine *feste* Freundin vorgestellt hätte. Warum sind wir da nicht eher drauf gekommen?“

Sie errötet. „Tja, ich ... äh ... weiß auch nicht.“

„Wir wären ein hübsches Paar. Wie Doris Day und Rock Hudson.“

„Du kennst die Filme?“

„Meine Mutter liebt diese alten Schinken, und zwangsläufig habe ich sie als Kind immer mitgucken müssen.“

„Ich bin aber nicht so schlank und elegant wie Doris Day.“

„Aber genauso liebenswert und chaotisch. Und besser backen kannst du auch.“

„Wir bleiben besser bei unserer ursprünglichen Version: gute Freunde“, meint sie. „Und jetzt gib mir bitte mal einen großen Topf!“

Wenn ich es nicht besser wüsste, würde ich sagen, dass sie ihre schlaue Gesprächstaktik jetzt auch bei mir anwendet und ganz bewusst das Thema wechselt. Aber wahrscheinlich bilde ich mir das nur ein. Ihre Bitte ist schließlich berechtigt, die Kartoffeln kochen sich nicht von allein.

„Wann kommt dein Bruder eigentlich?", fragt sie, während sie ein paar Krümel von ihrer Schürze wischt.

„Keine Ahnung." Ich suche den größten Topf heraus, den ich finden kann. „Jonathan erscheint, wann es ihm passt. Und wenn er zufällig genug Benzin für eine Tankfüllung hat."

„Wo wohnt er?"

„Seit Neuestem in Magdeburg. Vorher hat er in Mainz gelebt. Aber er sagt, da konnte er sich nicht richtig entfalten. Was übersetzt bedeutet, dass ihm Mainz zu nah war. Nach Magdeburg fährt man nicht so schnell mal über Mittag, da ist er relativ sicher vor unserer Einmischung."

„Du bist ganz schön gemein zu ihm."

„Warte, bis du ihn kennenlernst!"

Sina

Ich muss nicht lang warten.

Denn pünktlich zum Abendessen steht Jonathan plötzlich vor uns, zusammen mit seiner Freundin Kim. Wir haben uns gerade alle an den großen Küchentisch gesetzt, als es draußen hupt.

Dreimal lang und dreimal kurz.

„Jonathan ist da", ruft Renate.

Sie scheint die Einzige zu sein, die sich darüber freut. Der Rest der Familie nickt nur und isst einfach weiter.

Gleich darauf öffnet sich die Küchentür, und ein junges Paar betritt den Raum.

Hand in Hand, und offensichtlich sehr verliebt.

Es muss an Alexanders Bemerkung über Doris Day und Rock Hudson liegen, dass ich sofort wieder an einen Hollywoodfilm denke. Allerdings nicht an eine überdrehte Komödie, sondern an einen Abenteuerfilm. So einer mit verwegenen, aber total gutaussehenden Piraten und wunderhübschen Mädchen, die sich gerne gefangen nehmen und wieder befreien lassen.

Jonathan hat seine braunen Locken zu einem Pferdeschwanz gebunden. Diese Haare hat er wohl – ebenso wie die braunen Augen – von seiner Mutter geerbt. Er trägt Dreitagebart, zerrissene Jeans und ein einfaches weißes Hemd, dessen Ärmel hochgekrempelt sind.

Seine Freundin Kim ist eine kleine Schönheit: zierliche Figur, makelloses, rundes Gesicht mit grünen Augen und vollen Lippen und lange blonde Haare, die in großen Wellen über ihre Schulter fallen. Das bunt gemusterte Frühlingskleid passt super zu ihren Augen und schmiegt sich perfekt um ihren schlanken Körper.

„Hi, Leute!“ Sogar Jonathans Stimme klingt irgendwie sexy.

„Hallo! Schön Euch wiederzusehen“, piepst Kim, und ich entspanne mich ein bisschen. Sie ist doch nicht ganz so perfekt, wie ich dachte – zumindest dann nicht, wenn sie den Mund aufmacht und zu sprechen beginnt.

„Setzt Euch! Alexander, mach mal ein bisschen Platz!“, befiehlt Renate.

Gehorsam rutscht Alexander ein wenig näher zu mir heran. Er brummelt irgendetwas vor sich hin, und ich versetze ihm einen sanften Stoß mit dem Ellbogen.

Jonathan hat sich unterdessen einen Stuhl geholt und schlüpft in die entstandene Lücke. „Am Kühlschrank steht noch ein Hocker“, sagt er zu Kim. „Und wenn du sowieso schon dort bist, dann bring uns doch Teller und Besteck mit!“

Renate wirft ihm einen bösen Blick zu.

„Bitte!“, fügt er deshalb schnell noch hinzu.

Kim gehorcht, und ein wenig später sitzen wir zu zehnt um den Tisch. Eigentlich fehlen jetzt nur die Babys, dann wäre die Familie komplett.

Erst jetzt entdeckt mich Jonathan. „Wer bist du denn?“

„Sina“, antworte ich mit vollem Mund.

„Eine gute Freundin von mir“, fügt Alexander hinzu.

„Hast du deinen Frauengeschmack geändert, Bruderherz? Bislang habe ich dich immer nur mit dunkelhaarigen und flachbrüstigen Bräuten gesehen.“ Er mustert mich von oben bis unten, oder zumindest so weit, wie das am Tisch möglich ist. „Nicht, dass ich deinen Sinneswandel nicht nachvollziehen könnte ...“

„Jonathan!“, schimpft Renate.

„Ich habe ihn auch schon so etwas Ähnliches gefragt“, mischt sich jetzt Oma Trudi in die Unterhaltung ein. „Allerdings mit netteren Worten.“

„Zum letzten Mal: Sina ist nicht meine Freundin, sondern nur eine gute Bekannte.“ Böse blickt

Alexander in die Runde. „Hat das jetzt jeder hier am Tisch verstanden?"

„War ja laut genug", grinst Tom.

„Aber wenn sie nicht deine Freundin ist, warum spielst du dann mit ihr?", erkundigt sich Leonie mit großen Augen.

„Berechtigte Frage!", lobt Jonathan seine Nichte.

Oma Trudi schüttelt den Kopf. „Zu meiner Zeit gab es so etwas nicht. Entweder war man ein Paar oder nicht. Dazwischen gab es nichts."

„Eigentlich ist das heute immer noch so", sagt Jonathan. „Das hat Alex nur noch nicht begriffen."

„Blödmann!", knurrt Alexander.

„Wenigstens schleppe ich meine Mädchen nicht inkognito in die Familie ein."

„Das wären auch ein bisschen viele gewesen in den letzten Jahren."

„Neidisch?"

„Jungs!", ruft Renate. „Das reicht jetzt."

Kim bricht in verlegenes Kichern aus.

Dieser schrille Laut lenkt zum Glück einen Teil der Familie derart ab, dass ich nicht mehr länger im Zentrum der Aufmerksamkeit stehe. Erleichtert atme ich auf und kann spüren, wie sich auch Alexander neben mir allmählich wieder entspannt.

Er wirft mir einen unsicheren Blick zu.

Wer hätte gedacht, dass unsere kleine Schwindelei so anstrengend sein kann?

Ich frage mich, warum eigentlich alle so sehr an meinem Privatleben interessiert sind, wenn es doch bei Nora oder Jonathan viel mehr zu bemängeln gäbe?

Meine Schwester ist mit ihrem Job und ihren Kindern überfordert, das kann jeder sehen. Und mein kleiner Bruder ist ein selbstgefälliger Parasit, der nichts auf die Reihe kriegt. Von seiner Barbiepuppe mit der quiekenden Stimme mal ganz zu schweigen.

Trotzdem richtet sich die Aufmerksamkeit der gesamten Familie fast ausschließlich auf Sina und mich.

Vielleicht liegt es daran, dass ich tatsächlich noch nie eine Frau mit ins Forsthaus gebracht habe. Sina ist eine Premiere. Ein oder zwei Freundinnen haben es zwar schon bis zu meinen Eltern nach Aschaffenburg geschafft, aber der Odenwald war bislang tabu. Insofern ist die Neugier meiner Familie vielleicht sogar verständlich.

Wenn auch sehr, sehr lästig.

Zum Glück verabschieden sich Nora, Leonie und Tom gleich nach dem Hauptgang. „Unsere Nacht wird kurz und unruhig“, entschuldigt sich Tom. „Wir brauchen jede Minute Schlaf, die wir kriegen können.“

„Ich bin gar nicht müde!“, behauptet Leonie weinerlich.

„Aber natürlich nicht, mein Schatz! Du musst ja auch noch nicht schlafen, ich habe tolle Bilderbücher dabei.“ Nora winkt noch einmal in die Runde.

Danach sitzen wir nur noch zu siebt am Tisch: meine Eltern, meine Oma, Jonathan, Kim, Sina und ich.

„Alexander hat mir erzählt, dass du ein eigenes Geschäft hast“, erkundigt sich mein Vater bei Sina, als wir den Nachtisch aus dem Kühlschrank holen.

„Ja, eine kleine Bäckerei gleich neben einer S-Bahn-Station.“

„Und da kannst du vor Ostern einfach so freinehmen?“

„Nun, heute haben eine Kollegin und eine Aushilfe meine Arbeit übernommen. Und ab morgen hätte ich sowieso über die Feiertage geschlossen. Das Geschäft lebt fast ausschließlich von den Bahnpendlern.“

„Eine kleine Bäckerei?“, wiederholt Jonathan und runzelt die Stirn. Ich weiß, was er denkt. Leider spricht er es auch aus, bevor ich ihn daran hindern kann. „Komisch! Ich habe immer geglaubt, mein Bruder gibt sich nur mit Frauen ab, die Abitur haben.“

„Ich habe Abitur“, entgegnet Sina zu meiner Überraschung. „Aber selbst wenn nicht, hätte das Alexander nicht gestört, da bin ich mir ganz sicher.“

Mir ist es ein Rätsel, wie sie selbst diesem Vollidioten gegenüber so ruhig und freundlich bleiben kann.

Ich bin echt stolz auf sie.

„Natürlich hätte es ihn nicht gestört“, kommt mir jetzt auch meine Mutter zur Hilfe.

„Zweifarbiger Pudding!“, quietscht Kim erfreut, als Sina das Tablett mit den Dessertgläsern auf den Tisch stellt. „Wo ist mein Handy?“

„Das ist kein Pudding, das ist Kokos-Mousse mit pürierten Erdbeeren“, stellt Sina richtig.

Kim beachtet sie gar nicht, sondern macht mit ihrem Smartphone ein Foto. „Das veröffentliche ich gleich mal auf Instagram.“

„Wo?“, fragt meine Oma.

„Instagram, Omi. Das ist so was wie ein öffentliches Fotoalbum, nur viel cooler“, erklärt Jonathan. „Und man kann sogar richtig Kohle damit machen. Stimmt's, Kimmie?“

Seine Freundin nickt.

„Kimmie ist nämlich auf dem Weg zu einem Instagram-Star.“

„Wie bitte?“ Überrascht sieht meine Mutter von ihrem Dessert auf. „Ich dachte, sie ist Frisörin.“

„Ist sie auch. Noch können wir nicht von unserem Instagram-Account leben.“

„*Unserem*?“ Meine Eltern tauschen einen alarmierten Blick.

„Korrekt! Wir ziehen das ganz groß Lifestyle-mäßig auf. Mode, Frisuren, Fitness, Reisen, Lesen und Kochen. Von jedem etwas. Das wird ein Bombenerfolg!“

„Bestimmt“, murmele ich. „Es gibt ja nur ein paar Millionen ähnlicher Angebote.“

Mein Bruder mustert mich verärgert. „Wer nicht wagt, der nicht gewinnt. Es können ja nicht alle so spießige Langweiler sein wie du.“

„Schluss damit!“, warnt mein Vater.

„Alexander ist nicht langweilig“, widerspricht Sina leise, aber sehr bestimmt.

Dass sie mich schon wieder verteidigt, ist nett von ihr. Aber sie hätte das lieber nicht tun sollen. Denn sofort richtet sich Jonathans Aufmerksamkeit wieder auf sie und unsere platonische Freundschaft.

„Wo genau habt ihr beide euch eigentlich kennengelernt?“, will er wissen und leckt genießerisch seinen Löffel ab.

„In meiner Bäckerei.“ Sina weiß, was sie zu sagen hat, wir haben das abgestimmt.

„Wir sind sofort miteinander ins Gespräch gekommen“, ergänze ich.

„Ach?“, wundert sich meine Mutter. „Hast du nicht neulich am Telefon erzählt, du redest nicht mit den Verkäuferinnen?“

„Äh ...“

„Mit den Verkäuferinnen vielleicht nicht“, kommt Sina mir zur Hilfe. „Mit mir aber schon. Ich bin ja auch die Chefin.“ Sie lächelt verschmitzt.

Gut gekontert!

„Alexander war bei unseren ersten Treffen ein bisschen nervös“, fährt sie fort. „Aber das war ja auch kein Wunder, schließlich war es sein erster Tag in der neuen Firma. Ich habe ihm erst einmal einen Kaffee und einen Keks angeboten.“

Dieser Teil der Geschichte ist nicht abgesprochen, den flunkert sie sich gerade zusammen.

Das kann sie echt gut!

Ich nicke bestätigend. „Als Sina hörte, dass ich Innenarchitekt bin, hat sie mich sofort mit der Neugestaltung ihres Ladens beauftragt. Da war vieles schon reichlich angestaubt, der Umbau war längst überfällig.“

Auch diese Episode ist nicht abgestimmt, aber ich bin von meinem spontanen Geistesblitz begeistert. Dass sich aus geschäftlichen Beziehungen private Freundschaften entwickeln, ist nicht ungewöhnlich und würde vieles erklären.

Sina jedoch scheint nicht so richtig glücklich mit meiner Version der Ereignisse zu sein. „Was war es noch gleich, das dir an meiner Einrichtung nicht gefallen hat?“, erkundigt sie sich verschnupft.

„Na ja, dieses nutzlose Durcheinander.“

„Nutzloses Durcheinander?“

„Ein Sofa und ein Tisch haben in einem Bäckerladen nichts zu suchen. Der Kunde braucht eine klare Linie.“

„Ach ja?“

„Außerdem ist … ich meine war … die Beleuchtung im Laden miserabel. Und dann erst der Farben-Mix …“

„Wie gut, dass ich dich getroffen habe!“, unterbricht sie mich mit zuckersüßer Stimme. Da ich sie inzwischen besser kenne, kann ich ihre Verärgerung jedoch problemlos heraushören.

„Ich persönlich finde die alten Bäckerläden viel schöner und gemütlicher als diese neumodischen Ketten, wo alles gleich aussieht und gleich schmeckt“, wirft meine Oma ein. „Ich hoffe, mein Enkel hat dir nicht zu viel modernes Zeug aufgeschwatzt.“

„Nein, hat er nicht.“

„Schon zwölf Likes und drei Comments für den Pudding!“ Aufgeregt deutet Kim auf ihr Handy. „Ich muss gleich mal was zurückschreiben.“ Sie springt auf und sieht sich um. „Kann ich in euer WLAN?“

„Moment!“ Meine Mutter erwischt sie gerade noch am Ärmel. „Wie wäre es, wenn Jonathan und du den Abwasch übernehmt?“

„Oh. Ja. Klar.“ Ohne zu protestieren legt Kim ihr Telefon zur Seite und beginnt damit, die Teller zusammenzustellen.

Offenbar weiß sie, was sich gehört.

Im Gegensatz zu meinem Bruder. „Kann das nicht Alexander machen? Oder Oma?“

„Nein, mein Sohn. Oma ist müde, und Alexander und Sina haben bereits gekocht. Jetzt seid ihr an der Reihe.“ Mit diesen Worten erhebt sich meine Mutter und greift nach ihren Krücken. „Das Essen war übrigens ganz fantastisch, vielen Dank!“

„Gerne“, sagen Sina und ich gleichzeitig.

„Kommt ihr mit auf ein Glas Wein ins Wohnzimmer? Der Abend ist noch jung.“

Kapitel 7

Mitternachtströffel mit salzigem Karamell

Sina

Als der Abend nicht mehr ganz so jung ist, sondern schon recht alt, mache ich mich auf den Weg ins Bett.

Ein wenig unsicher balanciere ich die alte Holztreppe hinauf. Ich hätte nach dem zweiten Glas Wein aufhören sollen zu trinken! Aber wenigstens habe ich auf den Odenwälder Kirschlikör verzichtet, den Jörg mir unbedingt aufdrängen wollte. Und ich habe ein paar sehr schöne Stunden im Kreise der Familie verbracht.

Zuerst habe ich Backrezepte und Küchentipps mit Oma Trudi ausgetauscht. Dann habe ich Alexanders Eltern von meinem Leben als Bäckerin erzählt und dabei festgestellt, dass sie sehr angenehme Gesprächspartner sind, die gut zuhören können und die richtigen Fragen stellen. Zum Schluss bin ich irgendwie zwischen Kim und Jonathan auf dem Sofa gelandet und habe mir ihre Instagram-Pläne erklären lassen. Die beiden geben ein echt schräges Paar ab, aber auf ihre eigene Weise scheinen sie sehr glücklich miteinander zu sein.

Mit Alexander habe ich so gut wie kein Wort gewechselt, obwohl er immer in meiner Nähe geblieben ist, um mir notfalls beistehen zu können. Das finde ich zwar total süß, aber ich bin trotzdem immer noch ein bisschen sauer auf ihn wegen seiner abfälligen Bemerkung über die verstaubte Einrichtung meines Ladens.

Im ersten Stock weint ein Baby, und ich schleiche schnell weiter. Aber nicht, ohne vorher noch einen mitfühlenden Blick in die Richtung zu werfen, aus der das Gebrüll kommt. Ich habe bei meiner Schwester hautnah miterlebt, wie anstrengend die ersten Wochen mit einem Neugeborenen sind. Und bei Nora und Tom sind es ja gleich zwei Babys, die sie nachts auf Trab halten.

Da Alexander immer noch unten sitzt, nutze ich die Chance und schlüpfe als Erste ins Bad. Der Raum ist ebenso schlicht und modern gehalten wie das Dachstudio, aber hier wirkt das längst nicht so steril, sondern frisch und hygienisch.

Nach Waschen, Umziehen und Zähneputzen stopfe ich meine Badetasche in ein freies Regal. Alexander hat seine Waschsachen bereits ausgeräumt, alles steht ordentlich in einer gerade Reihe auf einem kleinen Schränkchen.

Neugierig öffne ich mehrere Flaschen und Tuben und schnuppere mich durch sein gesamtes Sortiment. Die Etiketten sehen teuer und exklusiv aus, dafür duftet es aber auch ganz fantastisch. Zum Ende meiner kleinen Schnüffelei träufele ich mir etwas Rasierwasser aufs Handgelenk.

Zurück im Zimmer schreibe ich Ellie eine Whatsapp. Ich habe ihr versprechen müssen, mich jeden Abend bei ihr zu melden.

- *Alles gut*, teile ich ihr mit.
- *Bist du schon verlobt?*, will sie wissen.
- *Nein, natürlich nicht. Du bist doof!*
- *Weiß ich. Sind sie auch alle nett zu dir?*
- *Ja, sehr sogar.*
- *Und das Forsthaus im Grünen?*
- *Ein Traum.*
- *Okay. Melde dich morgen wieder, ja?*
- *Mache ich. Gute Nacht!*

Dann werfe ich einen Blick in den Instagram-Account von Kim und Jonathan. Sie haben ihn *jokinago* genannt, eine geschickte Kombination der ersten Buchstaben ihrer Namen Jonathan Goldstein und Kim Nagel. Die Fotos gefallen mir, und auch die Bildunterschriften sind witzig. Meine Kokos-Mousse hat inzwischen dreiundvierzig Likes.

Ich lege das Handy zur Seite und öffne ein Fenster. Kühle Nachtluft strömt herein und vertreibt meinen kleinen Schwips. Es ist ungewöhnlich dunkel, was wahrscheinlich daran liegt, dass wir hier mitten im Wald sind. Aber der Sternenhimmel ist überwältigend schön, da hat Alexander recht.

Von draußen sind Stimmen zu hören, irgendjemand treibt sich hinter dem Haus herum. Ich erkenne Kims schrilles Kichern und Jonathans dunkles Lachen. Keine Ahnung, was die beiden da im Gebüsch machen.

Ich glaube, ich will das auch gar nicht wissen!

„Sina?“ Alexander klopft an meine Tür. „Schläfst du schon?“

„Nein. Komm rein!“

Er tritt ins Zimmer. „Oh … äh … du bist ja schon umgezogen.“

Ich habe mir letzte Woche ein neues Nachthemd gekauft. So ein kurzes, raffiniertes Teil mit Spitze und tiefem Ausschnitt, das jetzt seine beabsichtigte Wirkung entfaltet – denn er kann seine Augen kaum von mir abwenden.

„Ich … äh … also … hast du alles, was du brauchst?“

„Ich denke schon."

Er runzelt die Stirn. „Wonach riecht es hier?"

„Keine Ahnung. Möbelpolitur?" Ich verstecke die Hände hinter dem Rücken, aber natürlich hat er den Duft seiner eigenen Produkte längst erkannt.

„Hey!", protestiert er. „Du hast mein Duschgel geklaut."

„Das war ein Notfall. Ich habe meine Seife vergessen." Dass ich an seinem teuren Rasierwasser war, muss ich ihm ja nicht unbedingt sagen.

„Wenn du was Weiblicheres willst, kannst du gern meine Mutter oder meine Schwester fragen. Oder Kimmie." Immer noch hängt sein Blick an meinem Ausschnitt.

„Ja, das mache ich. Morgen früh."

Ich bin auf einmal schrecklich müde.

Und total verwirrt.

Denn ich verstehe meine eigenen Gefühle nicht mehr.

Eigentlich bin ich doch gerade jetzt sehr nah am Ziel meiner Wünsche: Ich stehe in einem seidigen Nichts vor Alexander Goldstein. Und der scheint überhaupt nicht abgeneigt zu sein, sich etwas näher mit mir und meinem Negligé zu beschäftigen. Ich sollte also die Gunst der Stunde nutzen und ihn zum Bleiben überreden.

Doch ich kann es nicht.

Eine seltsame Scheu hat mich ergriffen – und das schale Gefühl der Ernüchterung.

Ist es wirklich das, was ich will?

Einen Haufen Lügen, der zu einer kleinen Liebelei führt?

Nein!

Mein Plan vom Rundum-Sorglos-Paket war ja so was von dumm und naiv! Der kindische Wunschtraum einer einsamen Single-Frau, die geglaubt hat, endlich ihren Märchenprinzen gefunden zu haben.

Happy End inklusive.

Aber Alexander ist kein Märchenprinz.

Er ist ein Mann aus Fleisch und Blut, mit einem erfüllten Leben, das weit über das hinausgeht, was ich bislang davon in meinem Bäckerladen mitbekommen durfte. In ihm steckt mehr als nur der gut aussehende Typ im Nadelstreifenanzug, der auf seinen Zug wartet.

Dieser neue Alexander gefällt mir leider noch sehr viel besser als das törichte Abbild, das ich mir von ihm gemacht hatte. Meine Zuneigung ist nicht mehr länger nur eine alberne Schwärmerei, sondern geht wesentlich tiefer. Da ist etwas Neues, was ich noch nicht so richtig greifen kann. Ich verstehe nicht viel, aber eines weiß ich sicher: Für einen plumpen Verführungsversuch ist mir dieser neue Alexander viel zu schade.

Herrje! Diese Sache läuft eindeutig aus dem Ruder!

„Ist dir nicht gut?“ Er hat mich keinen Moment aus den Augen gelassen.

„Ich glaube ... ich habe ... Hunger.“

Was für eine blöde Ausrede! Aber das Thema Essen verbindet uns, hier bin ich auf der sicheren Seite und kann nicht viel falsch machen.

In meiner Tasche liegt noch eine Packung meiner Lieblingspralinen. Die waren zwar eigentlich für einen besonderen Anlass gedacht, aber was soll's? Außerdem ist das hier ja gerade ein besonderer Moment, auch wenn ich noch nicht so genau sagen kann, warum eigentlich.

„Willst du?" Ich halte ihm die Schachtel unter die Nase.

„Was ist das?"

„Trüffel mit salzigen Karamellsplittern."

„Klingt lecker."

„Ist lecker."

Er nimmt sich eine Praline und verdreht gleich darauf genießerisch die Augen. „Hm! Himmlisch!"

„Sag ich doch."

„Machst du das öfters?"

„Was?"

„Um Mitternacht Pralinen essen."

„Manchmal schon, wenn mir danach ist."

„Das ist nicht sehr gesund."

„Weiß ich. Keine Angst, ich putze mir gleich noch mal die Zähne."

Er lächelt. „Übrigens danke für das tolle Essen heute Abend! Und auch für die sonstige Unterstützung! Das war klasse."

„Gern geschehen. Du musst dich nicht immer bedanken. Das ist schließlich Teil unseres Deals."

„Stimmt. Unser Deal." Das Lächeln verschwindet. Er seufzt und wendet sich ab. „Ich sollte jetzt wohl besser gehen."

„Willst du noch einen Trüffel mit rüber nehmen?"

„Nein, danke!“ An der Tür zögert er, dann dreht er sich noch mal um. „Kann ich dich mal was fragen?“

„Hm?“

„Warst du beim Abendessen sauer auf mich?“

Das hat er bemerkt? „Du hast meine Geschäftseinrichtung schlechtgemacht.“

„Das passte aber perfekt zu unserer Geschichte. Außerdem bin ich mit Leib und Seele Innenarchitekt.“

„Was soll das denn heißen?“

„Ich will verbessern und verschönern, ich kann nicht anders.“

„Und ich bin Bäckerin. Auch mit Leib und Seele. Ich will verführen und verkaufen, und ich kann auch nicht anders. Die von dir kritisierten Regale, Tische und das Sofa haben durchaus ihren Sinn.“

„So? Welchen denn?“

Eigentlich wollte ich mich heute Abend nicht mehr aufregen. Meine Gefühlslage ist ohnehin schon kompliziert genug. Aber sein amüsierter Tonfall reizt mich.

„Eine Bäckerei produziert täglich frische Waren und will diese schnell an den Kunden bringen“, gebe ich deshalb erbost zurück. „Deshalb muss das Angebot gut sichtbar sein, und es sollte auch üppig ausfallen. Ein Laden ist wie ein kleiner Markt und ... und kein steriler OP-Saal ... so wie ... wie das da.“ Ich deute auf die Wand, hinter der sein Zimmer liegt.

„OP-Saal?“, wiederholt er verwundert. „Was willst du damit sagen?“

„Nichts. Ich dränge anderen Leuten nicht meine Meinung auf. Du kannst dich einrichten, wie du willst.“

„Minimalistisch nennt man das."

„Danke für die Belehrung! Ich find's trotzdem nicht schön."

„Ich reduziere mich gern auf das Nötigste."

„Und ich brauche es möglichst bunt und vollgestopft. Die Geschmäcker sind eben verschieden."

„Gut, dass wir das geklärt haben!"

„Ja. Gut!", gifte ich zurück.

Ich bin nicht so wütend, wie ich mich gebe. Eigentlich genieße ich diesen kleinen Streit sogar. Mit gerunzelter Stirn und schmalen Augen steht Alexander vor mir. So nah, dass ich seine Wärme spüren kann.

Und dann fühle ich plötzlich noch etwas anderes – eine verrückte Mischung aus Leidenschaft und Zuneigung. Völlig unangebracht, aber sehr intensiv.

Vorsichtshalber trete ich einen Schritt zurück.

Zuerst sieht es so aus, als wolle er mir folgen, dann besinnt er sich und atmet einmal kräftig durch. „Jetzt gehe ich aber wirklich."

„Tu das!" Ich zittere, und das liegt nicht nur an der kalten Luft hinter meinem Rücken.

„Gute Nacht!" Er nimmt sich, ohne zu fragen, noch einen Trüffel und ist gleich darauf verschwunden.

Mit klopfendem Herzen bleibe ich zurück und starre ihm nach. Versuche, mir einzureden, dass ich nur so aufgewühlt bin, weil ich mich über ihn geärgert habe. Dass das alles nichts zu bedeuten hat.

Doch im Grunde weiß ich es besser.

Ich habe meinen Ärger fast schon wieder vergessen, als ich in mein Zimmer komme. Ja, ich ertappe mich sogar dabei, dass ich lächele.

Nicht *über* Sina, aber *wegen* ihr.

Dieses Mädchen überrascht mich immer wieder aufs Neue.

Sogar das Streiten macht Spaß mit ihr. Erst recht, wenn sie dabei so ein verführerisches Nachthemd trägt, das mich ganz schön abgelenkt hat. Seit wann stehe ich auf Spitzenwäsche, blonde Haare und üppige Rundungen?

Es hätte nicht viel gefehlt, und ich hätte sie in meine Arme gerissen. Warum eigentlich? Um sie zu schütteln – oder um sie zu küssen? Oder beides?

Ich frage mich, ob ich vielleicht verrückt geworden bin.

Und wenn ich mir sowieso schon so viele Fragen stelle, dann könnte ich mir auch noch überlegen, was das alles zu bedeuten hat.

Oder vielleicht auch lieber nicht.

Ich bin mir nämlich nicht sicher, ob mir die Antwort gefällt.

Um mein schlechtes Gewissen zu beruhigen, schreibe ich Michelle eine Textnachricht und schicke ihr zwei Fotos vom Forsthaus.

Postwendend kommt die Antwort.

– *Sieht gut aus. Aber ein bisschen einsam.*

Einsam? Nein, das ist es hier bestimmt nicht. Ich kann das Gebrüll meiner Neffen bis hier oben hören, und im Treppenhaus tuscheln Jonathan und Kim miteinander. Außerdem hüpft gleich nebenan ein süßes, temperamentvolles Mädchen im Negligé herum.

– *Geht schon. Bin ja nicht allein.*

– *Ich vermisse dich.*

– *Am Dienstag bin ich wieder zurück.*

– *Ich freue mich schon so.*

Na, super! Jetzt habe ich gleich noch ein Thema gefunden, das mich nervös macht. Michelles Anhänglichkeit ist nicht normal. Ich muss dringend mit ihr reden, wenn ich wieder in Frankfurt bin. Hoffentlich ist das nur eine vorübergehende Sache!

Gedankenverloren stecke ich mir den Schokotrüffel in den Mund, der in meiner Hand bereits zu schmelzen begonnen hat. Dann lösche ich das Licht, lege mich aufs Sofa, streife ich meine Schuhe ab und stopfe mir ein Kissen in den Nacken.

Im Haus wird es langsam ruhiger. Schritte auf der Treppe sind zu hören, eine Tür wird geschlossen, und dann verstummt auch das Babygeschrei.

Fahles Mondlicht scheint in mein Zimmer, die Sterne blinken, und unten im Dorf sind nur noch vereinzelt ein paar wenige Lichter zu sehen.

Ansonsten ist es dunkel.

Ich liebe diese stille Stunde um Mitternacht.

Keine Hektik, kein Stress, sondern nur schläfrige Einsamkeit. Die beste Gelegenheit, in Ruhe über Gott und die Welt nachzudenken. Heute allerdings fallen mir sofort die Augen zu. Das muss an dem Trubel und an der vielen ungewohnten Hausarbeit liegen.

Kurz darauf schlafe ich ein – und träume von kochenden Eiern, Vanillepudding und einem blonden Mädchen mit einem umwerfenden Lachen.

Kapitel 8

Feiner Hefezopf mit Butter und Rosinen

Sina

Am Karfreitag wache ich um fünf Uhr auf.

Das ist die Macht der Gewohnheit – zu Hause geht mein Wecker schon gegen vier Uhr. Wenn ich das volle Bäckersortiment anbieten würde, müsste ich sogar noch zeitiger aus dem Bett. Aber wegen meiner Spezialisierung auf Büroverpflegung und Snacks ist das zum Glück nicht notwendig.

Bis sechs Uhr mache ich es mir mit dem Rest der Pralinen und einem Buch im Bett gemütlich, dann stehe ich auf und ziehe mich an. Es ist noch immer still im Haus. Vorsichtig schleiche ich die Treppen hinab in die Küche.

Ich habe nur meine Jogginghose und ein altes blaues Sweatshirt übergestreift und die Haare notdürftig hochgesteckt. Für Küchenarbeit ist diese Ausstattung die richtige Wahl. Ich will nämlich die frühe Stunde nutzen und Hefezopf backen. Das wird nicht ohne Flecken abgehen. Danach kann ich mich immer noch duschen und umziehen.

Der Fliesenboden ist kühl unter meinen nackten Füßen, aber zum Glück gibt es vor den Küchenschränken einen schmalen Flickenteppich. Irgendjemand hat gestern Abend noch aufgeräumt. Sogar die Weingläser stehen schon in der Spülmaschine.

Ich setze Kaffee auf und drehe das Radio an. Dann suche ich mir Schüssel, Knethaken, Küchenwaage und Zutaten zusammen und beginne mit dem Teig. Zuerst das Mehl, danach Milch, Zucker und Hefe. Nun muss die Mischung zwanzig Minuten ruhen und aufgehen.

Ich will mir gerade einen Kaffee nehmen, als die Tür aufgeht und Jörg Goldstein hereinkommt. Noch im karierten Schlafanzug, mit zerzausten Haaren und ohne seine Brille. Als er mich entdeckt, bleibt er überrascht stehen.

„Guten Morgen! Was machst du denn schon so früh in der Küche?"

„Hefezopf." Ich deute auf die abgedeckte Teigschüssel.

„Wo ist Alexander?"

„Ich nehme an, er schläft noch."

„Warum hast du ihn nicht geweckt, damit er dir helfen kann?"

Gute Frage, und einfach zu beantworten: Weil ich meine Ruhe haben will. Ich bin nämlich immer noch genauso verwirrt wie gestern Abend und würde gerne ungestört über alles nachdenken. Und am allerliebsten würde ich Alexander so lange aus dem Weg gehen, bis ich zu einem Ergebnis gekommen bin.

Aber das kann ich seinem Vater natürlich so nicht sagen.

Also lächele ich nur unverbindlich und winke ab. „Er soll sich ausschlafen, schließlich kann er ja nichts dafür, dass ich immer so früh aufwache. Das ist eine Berufskrankheit."

Jörg Goldstein nickt. „Kann ich mir vorstellen. Das Bäckerleben muss ganz schön hart sein."

„Ich kenne es nicht anders. Und außerdem mag ich den frühen Morgen."

„Wir auch, besonders jetzt, im Frühling." Er schaut zur Kaffeemaschine. „Was duftet hier so herrlich? Ist das frischer Kaffee?"

Ich nicke. „Ich habe eine ganze Kanne gekocht."

„Du bist ein Schatz! Darf ich mir drei Tassen nehmen? Meine Mutter trinkt ihren ersten Kaffee am liebsten im Bett, und Renate und ich werden uns vors Haus setzen und den Sonnenaufgang genießen."

„Kein Problem. Warte, ich helfe dir!"

Gleich darauf ist er mit einem Tablett und drei Tassen wieder verschwunden.

Ich schaue auf die Uhr. Noch fünfzehn Minuten, bis ich mit dem Hefezopf weitermachen kann.

„Mein Vater sagt, hier gibt es Kaffee?" Verschlafen steckt Nora ihren Kopf zur Tür herein.

Ich nicke.

Gähnend kommt sie näher, immer noch in den gleichen Klamotten wie gestern Abend. Hat sie sich zwischendurch ausgezogen, oder ist sie so ins Bett gegangen?

„Sorry!" Sie ist meinem Blick gefolgt. „Ich bin gestern wohl tatsächlich in Leggins und Bluse eingeschlafen. Das passiert mir manchmal, wenn ich total fertig bin."

„Der Tag gestern war ja auch sehr anstrengend für euch", murmele ich verständnisvoll und gieße ihr einen Kaffee ein. „Zuerst die Packerei, dann die Fahrt, und dann der Trubel hier."

Weil sie immer noch schlaftrunken und unentschlossen mitten im Raum steht, schiebe ich sie zum Tisch und drücke sie sanft auf einen Stuhl. „Hier! Trink erst mal!"

„Danke!" Sie umklammert die Tasse mit beiden Händen und atmet mit geschlossenen Augen den Kaffeeduft ein.

„Möchtest du was Süßes zum Wachwerden? Vielleicht Kekse?"

Ich warte ihre Antwort gar nicht ab, sondern hole meine Spezialmischung aus dem Schrank: Heidesand, Schokostangen und Erdnussplätzchen.

„Aus eigener Herstellung?", will Nora wissen.

Ich nicke.

Sie nimmt sich eine Handvoll Kekse und taucht einen nach dem anderen in den Kaffee. „Hmmmm", schwärmt sie, und ihre erschöpfte Miene hellt sich zusehends auf.

Eine Weile bleibt es still zwischen uns. Aber das Schweigen ist nicht unangenehm. Ich habe sogar den Eindruck, dass Nora die Ruhe genießt.

„Das war richtig gut!", sagt sie, als sie ihre Plätzchen aufgegessen hat. „Woher hast du gewusst, dass ich dringend Zucker und Koffein brauchte?"

„Ich habe es dir angesehen. In meinem Job lernt man die Menschen kennen."

„So wie meinen Bruder?“

„Alexander? Der ist nicht so einfach zu durchschauen. Ich habe ihn anfangs völlig falsch eingeschätzt.“

Die beiden letzten Sätze sind draußen, noch bevor ich es verhindern kann.

Aber zu meiner Überraschung bohrt Nora nicht nach, sondern nickt nur. „Er gibt gern den unnahbaren Geschäftsmann, nicht wahr? Aber in Wirklichkeit ist er ein furchtbar netter Kerl und ein toller Bruder.“

Ja, das ist er wohl.

Das – und noch viel mehr als das.

Das macht die Sache ja so schrecklich kompliziert!

„Willst du noch einen Kaffee?“, frage ich.

„Nein, danke! Ich muss wieder rauf.“

„Möchtest du für Tom eine Tasse Kaffee und ein paar Kekse mitnehmen?“

„Gute Idee! Er verdient es, ein wenig verwöhnt zu werden. Unsere Zeit zu zweit kommt gerade viel zu kurz.“

Im ersten Stock beginnt ein Baby zu brüllen.

„Da hörst du es“, seufzt sie und erhebt sich. „Einer schreit immer …“

Als Nora gegangen ist, prüfe ich erneut die Küchenuhr. Der Hefezopf muss noch fünf Minuten gehen. Also bleibt genug Zeit für einen schnellen Kaffee.

Aber ich habe die Rechnung ohne Kim und Jonathan gemacht. Die stürmen nämlich gleich darauf herein. Gut gelaunt, außer Atem, leicht verschwitzt und im Sportdress.

„Wir waren schon joggen", teilt Kim mir mit.

„So früh? Die Sonne ist doch noch nicht einmal richtig aufgegangen."

„Da ist es im Wald am schönsten. Puh, ist das warm hier!" Mit einer geschmeidigen Bewegung zieht Jonathan sein T-Shirt aus und bietet mir damit freien Blick auf seine durchtrainierten Bauchmuskeln.

Lieber Himmel! Wie lang muss er dafür trainiert haben?

„Ich heize gerade den Backofen vor."

„Ist nicht schlimm, wir verschwinden sowieso gleich wieder." Er wischt sein Gesicht mit dem T-Shirt trocken. „Kimmie? Mach mal Kaffee!"

„Ich habe schon einen gekocht", sage ich und gieße den beiden zwei Tassen Kaffee ein. Darin habe ich ja mittlerweile Übung. Steht diese Familie eigentlich immer so früh auf und ist dann gleich so schrecklich aktiv?

„Komm, Süße! Wir gehen zuerst duschen und dann noch einmal gemütlich ins Bett!" Jonathan legt seinen Arm um Kim.

Wenigstens zwei, die ihr Bett zu schätzen wissen! Das macht sie gleich noch ein wenig sympathischer. Trotzdem atme ich auf, als die beiden verschwinden. Jetzt bin ich endlich wieder allein.

Nur Kaffee habe ich keinen mehr.

Dafür aber einen Hefeteig, der dringend weiterverarbeitet werden muss.

Als ich gegen sieben Uhr in die Küche komme, hockt Sina vor dem Herd und starrt durch das kleine Fenster in den Backofen. Es duftet himmlisch gut nach Kaffee und warmem Kuchenteig.

„Guten Morgen!“

„Hi!“ Sie richtet sich auf.

„Du warst ja schon fleißig. Was wird das?“

„Butter-Hefezopf mit Rosinen.“

„Hört sich gut an. Gibt es den zum Frühstück?“

„Nein, erst heute Nachmittag zum Kaffee.“

„Apropos Kaffee.“ Ich blicke mich zur Kaffeemaschine um. „Kann ich einen haben?“

„Es ist keiner mehr da.“

„Dann mache ich eben neuen.“

Sie nickt, und ich starte die Kaffeemaschine. Dazu nehme ich mir ein wenig mehr Zeit als üblich, um über unseren kurzen Wortwechsel nachzudenken.

Nicht unfreundlich, aber irgendwie belanglos.

Offensichtlich ist sie mir wegen gestern Abend nicht mehr böse, doch besonders gesprächig wirkt sie deshalb trotzdem nicht.

„Wie sieht das Programm für heute aus?“, frage ich, um die Unterhaltung wieder in Gang zu bringen.

„Heute ist Karfreitag“, entgegnet sie, so als ob das alles erklären würde.

„Ich meinte: Was steht heute auf dem Speiseplan?“, konkretisiere ich meine Frage und drehe mich zu ihr um.

Sie steht immer noch vor dem Backofen. Irgendwie schafft sie es, selbst mit ausgebeultem Pulli und grauer Jogginghose bezaubernd auszusehen. Natürlich ist sie schon wieder barfuß. Ihre Haare sind unordentlich hochgesteckt, und im Gesicht hat sie Mehlflecken.

Trotzdem – sie sieht süß aus.

Zum Anbeißen süß.

Ach, verdammt!

Ich bin über Nacht offenbar nicht zur Besinnung gekommen. Oder aber ich leide einfach nur unter den Folgen akuten Schlafmangels, schließlich bin ich gestern auf dem Sofa eingeschlafen und habe die ganze Nacht auf diesem unbequemen Teil verbracht.

„Heute gibt es Spargelcremesuppe, Feldsalat, gebeizten Lachs in Senf-Dill-Soße, und zum Nachtisch eine Mousse au Chocolat“, zählt Sina auf und fingert dabei in ihren Haaren herum. „Der Hefezopf für den Nachmittagskaffee ist im Ofen, und heute Morgen essen wir Bauernbrot, Käse, eine Fischplatte, Waffeln und Obstsalat.“

„Puh, da gibt es einiges zu tun. Wann fangen wir mit den Vorbereitungen an?“

Sie zögert. „Du musst mir nicht helfen.“

„Ich möchte aber gerne.“

Möchte ich wirklich!

Zum einen, weil ich sie unmöglich die ganze Arbeit allein machen lassen kann. Und zum anderen, weil ich ganz dringend mehr Zeit mit ihr verbringen will.

„Wenn du mir dauernd hilfst, kriege ich ein schlechtes Gewissen.“ Ein schneller Blick zur Tür, dann senkt sie die Stimme. „Wegen unserer

Abmachung. Weil du mich bezahlst und trotzdem die Hälfte der Arbeit übernimmst."

„Das ist schon okay." Ihre Gewissenhaftigkeit rührt mich, und ich kann mein amüsiertes Lächeln nicht unterdrücken.

„Was ist daran so lustig?" Sina runzelt die Stirn.

„Ach, nichts."

„Glaubst du mir nicht? Ich kriege das alles prima allein geregelt, das ist mein Job."

Warum wehrt sie sich so gegen meine Mithilfe? Ist sie mir doch noch böse? „Man könnte fast meinen, du willst mich gar nicht dabeihaben."

„Das ist Blödsinn." Sie errötet, wendet sich rasch ab und beginnt mit Feuereifer, die vermehlte Arbeitsfläche zu schrubben.

Ich stehe etwas nutzlos im Weg herum, beobachte sie mit wachsender Verwirrung und warte darauf, dass der Kaffee fertig wird.

Endlich ist das letzte Wasser durch den Filter gelaufen!

Jetzt habe ich wenigstens wieder etwas zu tun, denn die Zubereitung meiner Spezialmischung nimmt etwas Zeit in Anspruch. Ich gieße Kaffee und Sahne zu gleichen Teilen in die Tasse und gebe dann noch drei Stücke Würfelzucker hinzu – ein verdammt kalorienreicher Luxus, den ich mir nur am Wochenende und an Feiertagen gönne.

„Das sieht lecker aus", meldet sich Sina schüchtern zu Wort. „Kann ich auch so einen haben? Ich hatte heute noch keinen Kaffee."

„Echt? Ich dachte, du hattest schon eine ganze Kanne."

„Ich habe den Kaffee gekocht, aber nicht getrunken.“ Sie legt den Putzlappen zur Seite und trocknet ihre Hände an ihren Hosenbeinen ab. „Ich hatte nämlich schon sehr früh Besuch von deiner Verwandtschaft. Jeder kam, um sich Kaffee zu holen. Danach war für mich nichts mehr übrig.“

„Wie? Sind die alle schon wach? Ich habe noch keinen Menschen gesehen.“

„Deine Eltern sitzen vorm Haus und bewundern den Sonnenaufgang, deine Oma trinkt in ihrem Zimmer Kaffee, Nora und Tom kümmern sich um die Kinder, und Jonathan und Kim sind nach dem Joggen wieder ins Bett gegangen.“

„Was du alles weißt!“

Jetzt endlich bekomme ich ein kleines Lächeln geschenkt. „Du kennst doch den Spruch: Der frühe Vogel ...“

„... braucht jetzt eine Pause“, ergänze ich. „Ich leiste dir dabei Gesellschaft. Wollen wir uns an den Tisch setzen?“

Sie nickt und hockt sich auf ihren Platz. Ich gebe ihr die erste Tasse und mische mir dann selbst noch einen neuen Kaffee. Als ich an den Tisch zurückkomme, hat sie eine Tüte mit Keksen geöffnet.

Natürlich muss ich probieren.

„Das ist deine Spezialmischung“, sage ich mit vollem Mund. „Heidesand, Schokostangen und Erdnussplätzchen.“

„Das weißt du?“ Sie lässt ihre Tasse sinken.

„Natürlich! Ich kenne das gesamte Sortiment. Das meiste davon wahrscheinlich sogar mit verbundenen Augen.“

„Oh. Das ist … das ist … schön."

„Ich liebe deine Bäckerei. Sie ist einer der Gründe, warum ich mich in Frankfurt so wohlfühle."

Dieses Mal hält sie meinem Blick stand. Ihre Augen sind grau, das ist mir bislang noch gar nicht aufgefallen. Aber es passt irgendwie – der perfekte ruhige Gegenpol zu ihrem lebhaften Temperament.

Und außerdem wunderschön …

„Alexander?"

„Hm?"

„Du hast Schokolade an der Wange."

„Und du Mehl."

Jetzt müssen wir beide lachen.

„Schon komisch, oder?", frage ich.

„Was?"

„Dass wir beide hier sitzen. Vor einer Woche kannten wir uns kaum. Ich wusste nichts von dir, und du nichts von mir."

Sina schlägt die Augen nieder.

„Und jetzt sind wir gute Freunde, die sich gegenseitig den Schmutz aus dem Gesicht wischen." Behutsam streiche ich ihr über die Wange.

Ich wollte so etwas eigentlich gar nicht sagen, und ich wollte sie auch nicht berühren. Aber aus einem unerfindlichen Grund macht sich mein Körper selbstständig.

Als sie aufblickt, ist die Betroffenheit in ihren Augen nicht zu übersehen. „Nicht!", murmelt sie. „Wir sollten lieber … äh … der Zopf … ich muss …" Sie springt auf und eilt zum Ofen.

Der kurze, innige Moment zwischen uns ist vorbei.

Doch ihre kopflose Reaktion beweist mir eines sehr deutlich: Nicht nur ich bin gerade total verwirrt.

Sina geht es ähnlich.

Sina

„Dieser Hefezopf ist köstlich“, schwärmt Oma Trudi ein paar Stunden später und lächelt mich über die Kaffeetafel hinweg erwartungsvoll an. „Kann ich noch ein Stück haben?“

„Aber Mutti, du hast schon zwei gegessen“, ermahnt Renate ihre Schwiegermutter. „Und zwar ganz dick mit Butter bestrichen.“

„Na und? Ich bin alt und brauche auf nichts mehr Rücksicht zu nehmen.“

Alexander lacht. „Und was ist mit deinem Blutzucker?“

„Dem geht es glänzend, mein Junge.“

„Diese blöden schwarzen Dinger schmecken überhaupt nicht nach Schokolade.“ Enttäuscht pult Leonie die Rosinen aus dem Gebäck.

„Leonie!“ Nora runzelt die Stirn. „Das sind Rosinen, und man kann sie mitessen.“

„Aber ich mag sie nicht!“

„Ich schon.“ Genüsslich steckt Jonathan sich Leonies Rosinen in den Mund. Die letzten reicht er weiter an Kim.

„Danke, mein kleines Gummibärchen!“, piepst diese.

„Gern geschehen!“

Nur Alexanders Vater Jörg und sein Schwager Tom beteiligen sich nicht an unserer Unterhaltung. Beide sitzen zwar mit am Tisch und essen, haben aber jeweils ein Baby im Arm und verfolgen ganz unterschiedliche Strategien bei der Bewältigung dieser kniffligen Aufgabe.

Während Tom seinen Sohn locker mit einer Hand hält und sich mit der anderen Hand am Kaffeetisch bedient, braucht Jörg beide Arme, um seinen Enkel hin- und herzuwiegen. Dabei summt er leise vor sich hin und sieht sehr zufrieden aus.

Das muss der typische Großvaterstolz sein.

Ich muss lächeln und begegne Renates Blick. Sie lächelt zurück, und zum ersten Mal an diesem Tag kann ich mich ein wenig entspannen. Und das ausgerechnet jetzt und hier, bei Kaffee und Kuchen inmitten dieser großen Familie!

Aber mir kommt der Trubel sehr gelegen, denn das lebhafte Treiben am Tisch verhindert, dass Alexander sich zu sehr auf mich konzentriert.

Sein Verhalten mir gegenüber hat sich seit gestern Abend verändert, und das macht mich nervös. Er ist nicht mehr freundlich-distanziert, sondern aufmerksam und interessiert.

So, als wolle er etwas herausfinden.

Ich weiß nur nicht so genau, was.

Außerdem nagt das schlechte Gewissen immer stärker an mir.

Vorhin, als Alexander behauptet hat, ich hätte vor einer Woche noch nichts von ihm gewusst, hätte ich am liebsten den Kopf geschüttelt und ihm die Wahrheit gesagt.

Dass ich so gut wie alles über ihn weiß.

Dass ich ihn belogen habe, nur um in seiner Nähe sein zu können.

Und dass mir alles inzwischen furchtbar leidtut.

Aber das bringe ich nicht über mich.

Nicht, solange ich noch drei Nächte Wand an Wand neben ihm schlafen kann. Nicht, wenn er mir – so wie jetzt – ein Lächeln schenkt, nur weil ich ihm den Zucker reiche.

Ein echtes Lächeln.

Für mich!

Ich will das so lange wie möglich genießen. Die Wahrheit kann warten, mein dummer Traum soll noch etwas weitergehen. Auch wenn das Erwachen danach furchtbar wehtun wird …

Kapitel 9

Schokohasenküsse

Sina

„Wir werfen jetzt eine Tablette in jedes Glas."

Mit großen Augen verfolgt Leonie jede meiner Bewegungen, dann macht sie es mir nach und befördert die restlichen Färbetabletten in die bereitgestellten Gläser.

„Kannst du zaubern?“, will sie wissen, als sich die Tabletten auflösen und das Wasser immer farbiger wird.

„Ein bisschen“, flüstere ich ihr zu und lache verschwörerisch. „Aber das darfst du keinem verraten.“

Beeindruckt schüttelt Leonie den Kopf, sodass ihre dunklen Zöpfe fliegen.

Neben mir grinst Alexander, aber er sagt nichts.

Es ist Samstagnachmittag.

Wir sitzen zu dritt am Küchentisch und färben Eier. Vor uns stehen eine riesige Schüssel mit vierzig hart gekochten Eiern, Eierkartons, Farbe, Pinsel und diverse Bastelsachen.

„Wozu brauchen wir Reis und Becher?“, will Leonie wissen.

„Ich zeige es dir.“

Ich fülle Reis, blaue Farbe und ein Ei in den Becher und schüttle diesen vorsichtig. Das Ei kullert umher und nimmt langsam ein blaues Punktemuster an.

„Ich will auch mal!“, ruft Leonie.

„Wir machen das zusammen.“ Alexander zieht Leonie zu sich auf den Schoß, und gemeinsam färben sie das nächste Ei.

„Das sieht sehr gut aus“, lobe ich die beiden.

„Noch eins!“, fordert Leonie.

Nach und nach werden alle Eier bunt. Während ich mich auf das Färben im Wasserbad konzentriere, verzieren Alexander und Leonie ihren Anteil mit Punktemuster.

Die beiden sind ein gutes Team.

Er ist ganz vernarrt in seine Nichte, und sie vergöttert ihn. Mit ihrem lustigen Geschwätz vergeht die Zeit sehr schnell.

„Kann ich die Eier meiner Mama zeigen?“, fragt Leonie, als wir fertig sind und unsere Kunstwerke bewundern.

„Ja klar“, entgegnet Alexander. „Aber erst, wenn deine Mama aufgewacht ist.“

Nora hat sich hingelegt, kurz nachdem Jörg und Tom mit dem Zwillingskinderwagen zu einem Waldspaziergang aufgebrochen sind. Auch Oma Trudi schläft, und Renate hat es sich mit Liegestuhl und Decke im Garten gemütlich gemacht. Wo Kim und Jonathan sind, weiß niemand. Ich vermute, dass sie auch schon wieder im Bett liegen.

Leonie ist nach dem Mittagessen sehr bereitwillig und gern bei mir in der Küche geblieben. Sie weicht mir inzwischen kaum noch von der Seite, nachdem ich ihr gestern Abend vor dem Zubettgehen mehrere Geschichten aus der *Kleinen Häschenschule* vorgelesen habe. Davon haben wir letztendlich beide profitiert: Sie hat begeistert zugehört und sich schläfrig in meinen Arm gekuschelt. Und ich konnte ihren Eltern etwas Gutes tun und mich gleichzeitig ein wenig aus dem Familienleben zurückziehen, ohne dass mir deshalb jemand böse war.

Auch heute Morgen kam Leonie gleich wieder angelaufen. Gemeinsam haben wir Schokoladenmuffins und einen Sandkuchen in Lammform gebacken. Danach sind wir zur Belohnung zusammen ins Dorf gelaufen und haben uns ein Eis gegönnt.

Immer mit Onkel Alexander im Schlepptau.

Geduldig macht er alles mit, was uns in den Sinn kommt. Und das, obwohl ich ihm gleich nach dem Frühstück deutlich zu verstehen gegeben habe, dass er das gar nicht muss.

„Weiß ich“, war seine knappe Antwort. „Aber ich tue es gern.“

„Hast du nicht gesagt, du willst dich hier erholen? Entspannung sieht für mich anders aus.“

Daraufhin hat er mich böse angeschaut und gebrummt, seine Tagesplanung müsse ich schon ihm selbst überlassen. „Das Haus ist viel zu voll, da kann man nicht zur Ruhe kommen. Also brauche ich es gar nicht erst zu versuchen.“

Auch gut.

Solange Leonie dafür sorgt, dass wir beide nicht allein sind, habe ich mit seiner Anwesenheit kein Problem. Im Gegenteil, ich gestatte mir sogar hin und wieder diese dumme, harmlose Schwärmerei, mit der alles begonnen hat.

Damals, vor zwei Jahren, einem Monat und sechzehn Tagen …

„Hast du zur Belohnung Lust auf Schokolade, Leonie?“, fragt Alexander jetzt.

Das Mädchen nickt begeistert.

„Dann komm, Süße! Wir holen uns welche aus dem Küchenschrank.“ Er nimmt sie Huckepack, und unter lautem Gelächter geht es einmal quer durch die Küche.

„Schokohasen!“, jubelt Leonie gleich darauf, als Alexander ihr den Karton mit den Süßigkeiten zeigt.

Ich will schon protestieren. Die Kleine glaubt schließlich noch an den Osterhasen. Wie sollen wir ihr die vielen Schokohasen und Süßigkeiten erklären?

Doch zum Glück hat Alexander mitgedacht. „Die muss der Osterhase im Schrank vergessen haben. Wir können sie also ohne schlechtes Gewissen essen.“ Er schnappt sich Leonie und kommt zurück zum Tisch.

„Ja.“ Die Kleine nickt. „So viel auf einmal konnte er bestimmt nicht tragen.“

„Das ist gut möglich“, sage ich, als Alexander mir heimlich zuzwinkert, und wickele den ersten Schokohasen aus seinem goldenen Papier.

Dunkle Schokolade mit kandierten Mandelstückchen.

Es sind teure Produkte mit achtzig Prozent Kakaoanteil, die ich in diesem Jahr zum ersten Mal aus Belgien importiert hatte. Leider sind sie bei meinen Kunden nicht gut angekommen, sodass ich fünfzig Stück übrigbehalten habe. Eine ganze Armee von Osterhasen in Golduniform sozusagen.

„Schmeckt sehr edel“, meint Alexander und nimmt sich einen zweiten.

„Schmeckt nicht edel, schmeckt gut“, meint Leonie und schenkt uns ihr schönstes Schokoladenlächeln. Auch ihre Lippen sind bereits voller Schokolade. „Kriege ich auch noch einen?“

„Klar. Warum nicht?“

Sie zögert. „Eigentlich sagt meine Mama immer, einer reicht.“

„Deine Mama ist aber jetzt nicht hier“, entgegne ich grinsend.

„Wir sagen ihr auch nichts“, fügt Alexander hinzu.

„Danke!" Leonie drückt mir ihren schokoladenverschmierten Mund auf die Wange. „Ich mag dich sooooo sehr!"

Alexander lacht.

Allerdings nur so lange, bis auch er Leonies Zuneigung zu spüren bekommt. „Dich mag ich auch!"

Als sie uns beide mit Schokoladenflecken im Gesicht sieht, muss sie lachen. „Schokohasenküsse", kreischt sie. „Los! Ihr müsst das jetzt auch bei mir machen! Zuerst die Schokolade, dann der Kuss."

Alexander und ich wechseln einen Blick. Ich nicke, er grinst amüsiert und gibt mir dann einen Schokohasen, bevor er sich selbst noch einen nimmt.

„Aufgepasst: eins ... zwei ... drei!" Leonie stellt sich in die Mitte, und bei *„drei"* drücken wir links und rechts unsere Lippen auf ihre Wangen. Sie jauchzt und hüpft vor Freude und verteilt gleich noch eine Ladung Schokoküsse.

„Und jetzt Onkel Alexander bei Sina!", verkündet Leonie und schiebt unsere Köpfe zusammen.

„Was?" Ich fahre zurück – komme aber nicht weit, denn schon kann ich Leonies kleine, schokoladenverschmierte Hand im Nacken spüren.

„Ihr müsst euch auch Schokohasenküsse geben!", fordert sie. „Sonst macht das Spiel doch gar keinen Spaß."

„Ich will aber nicht ..."

„Bitte!" Mit großen, braunen Augen schaut sie mich an. „Nur ein einziger Schokokuss."

„Also gut." Es ist ja nur ein Spiel, rede ich mir ein. Ein süßes, harmloses Kinderspiel.

Alexander lächelt aufmunternd. „Keine Angst! So schlimm wird es nicht werden. Ich kann gut küssen."

Ich halte die Luft an, als sein Gesicht näherkommt. So nah waren wir uns noch nie, ich kann seinen Atem auf meiner Stirn spüren.

Gut küssen. Gut küssen. Gut küssen.

Nur ein Spiel. Nur ein Spiel. Nur ...

Gleich darauf fühle ich seine Lippen auf meiner Wange, warm und weich. Allerdings auch nur kurz, denn er zuckt sofort zurück.

So, als ob ihn ein kleiner Elektroschlag getroffen hätte.

Hat er diese Energie zwischen uns etwa auch gespürt?

Langsam atme ich aus und versuche mich zu sammeln. Lieber Himmel, das kann nicht gutgehen. Wir müssen sofort aufhören!

Alexander räuspert sich.

„Sina? Du musst jetzt Onkel Alex küssen", sagt Leonie. Sie hat von der merkwürdigen Spannung anscheinend nichts mitbekommen.

Ich zögere und warte darauf, dass Alexander seinen Kopf wegzieht und ihr erklärt, dass das Spiel beendet sei.

Aber das tut er nicht.

Stattdessen runzelt er die Stirn, so als wolle er etwas sagen. Schaut mir in die Augen, holt tief Luft und nickt dann unmerklich. „Los! Mach schon!"

„Ich weiß nicht, ob ..."

„Das weiß ich auch nicht. Aber ich würde es gerne noch mal testen."

Ich frage nicht, was.

Muss ich auch gar nicht, ich kenne die Antwort.

Ich bin mir nur über die Konsequenzen nicht im Klaren. Aber vielleicht sollte ich gar nicht so viel nachdenken, sondern einfach handeln.

„Eins … zwei … drei!“, zählt Leonie in diesem Moment und nimmt mir damit die Entscheidung ab.

Also beuge ich mich vor, und gleich darauf berühren meine Lippen seine Wange. Ich fühle ein paar Barstoppel und viel Haut.

Seine Haut.

Ganz automatisch schließe ich die Augen und atme seinen Duft ein. Schokolade natürlich, aber auch Kaffee, Seife und Babypuder. Und jetzt tastet sich auch noch seine Hand vor und legt sich auf meine. Zögernd zuerst, dann aber immer zielstrebiger streichen seine Finger über meinen Handrücken.

„Na so was! Was macht ihr denn da?“ Auf einmal steht Jonathan neben uns.

Hastig fahren wir auseinander.

„Das ist ein Spiel“, erklärt Leonie ihrem Onkel. „Wir verteilen Schokohasenküsse. Willst du auch einen?“

„Nee, lass mal! Alexander und Sina scheint das viel mehr Spaß zu machen als mir.“

„Eier! So viele schöne bunte Eier!“, kreischt Kim und tanzt aufgeregt um den Tisch herum. „Wo ist mein Handy?“

„Hier, nimm meins!“, sagt Jonathan und reicht ihr mit einer lässigen Geste sein Telefon.

„Und schon wieder landet eines deiner Kunstwerke im Netz“, raunt Alexander mir zu und lächelt ein wenig unsicher.

Ich nicke und lächele genauso verlegen zurück.

Im Grunde kann ich froh darüber sein, dass wir gestört wurden. Sonst würden meine Lippen wohl immer noch auf seinen Wangen liegen. Oder vielleicht wären sie sogar noch ein Stück tiefer zu seinem Mund gerutscht.

Er hätte es zugelassen, da bin ich mir auf einmal sehr sicher. Ich weiß nur nicht, was ich jetzt mit diesem neuen Wissen anfangen soll.

Woher kommt sein plötzliches Interesse? Bin ich für ihn nur eine günstige Gelegenheit? Ein netter Zeitvertreib, tolles Essen inklusive? Oder ist da mehr? Aber selbst wenn da mehr sein sollte, könnte das überhaupt funktionieren? Wie wird er reagieren, wenn ich ihm meine Lügen gestehe?

So viele Fragen.

Und leider keine Antworten.

Oje!

Ich glaube, heute Abend werde ich nicht Nein sagen, wenn Jörg Goldstein mit seinem Odenwälder Kirschlikör ankommt!

Alexander

Ich hatte noch nie ein besonders herzliches Verhältnis zu meinem kleinen Bruder.

Aber vorhin, als er Sina und mich beim Schokoküssen erwischt hat, hätte ich ihn am liebsten erwürgt. Nur Leonies Anwesenheit hat mich davon abgehalten, ihm nicht wenigstens eine reinzuhauen.

Zum Glück verlässt er die Küche recht schnell wieder. Aber nicht, ohne mir vorher noch einen amüsierten Blick zuzuwerfen und ein paar von den edlen Schokoladenhasen zu klauen.

„Für unterwegs."

„Wo wollt Ihr denn hin?", erkundigt sich Sina freundlich und scheinbar völlig gelassen. Da ich immer noch ihre zitternde Hand halte, kann ich ihre Nervosität jedoch deutlich spüren.

Überhaupt – ich spüre eine ganze Menge.

Schmetterlinge im Bauch zum Beispiel, wenn ich an unsere Schokohasenküsse denke. Belustigung beim Anblick ihrer feuerroten, schokoladenverschmierten Wangen. Verbundenheit, wenn ich – so wie jetzt – sanft über ihre Finger streiche.

Zuneigung.

Zärtlichkeit.

„Schlammbad", sagt Kim.

„Was?" Habe ich irgendetwas verpasst?

Nein, auch Sina schaut ratlos drein.

„Wir gehen in das neue Wellness-Center in Groß-Umstadt", erklärt Jonathan uns. „Dort gibt es ein warmes Schlammbad. Das wollen wir mal ausprobieren und dabei ein paar Fotos für Instagram machen."

„Nackt?"

„Natürlich nackt. Glaubst du etwa, wir gehen mit Kleidung da rein?"

Leonie kichert.

„Keine Angst! Wir fotografieren nicht uns, sondern nur die Umgebung", stellt Kim klar.

Jonathan legt einen Arm um ihre Schultern. „Wir müssen los. Ich wünsche euch noch viel Spaß bei eurem Schoko-Dings." Sein Blick wandert zu unseren verschlungenen Händen, und hastig zieht Sina ihre Finger zurück. „Wartet nicht mit dem Abendessen auf uns! Wir gehen aus."

„Low Carb", fügt Kim hinzu.

„Mach Fotos!", entgegne ich, doch an diesem Mädchen ist offensichtlich jede Ironie verschwendet.

„Na klar!", sagt sie nämlich nur und winkt zum Abschied fröhlich.

„So!", seufzt Sina, als wir wieder allein sind.

Nichts anderes. Nur: *„So!"*

Sie scheint sich auch erst einmal sammeln zu müssen.

Doch das schafft sie viel schneller als ich. Denn als Leonie wissen will, was wir jetzt machen, hat Sina gleich eine Antwort parat.

„Wir räumen erst einmal die Eier und die Bastelsachen weg."

Kein Wort mehr von den Schokohasen.

Und den Küssen.

Ist vielleicht auch besser so. Wer weiß, wer als Nächstes reingeplatzt wäre?

„Kümmern wir uns danach um das süße Osterlamm, Sina?", fragt Leonie. „Du hast gesagt, ihm fehlt noch das Fell."

„Oh, stimmt! Da hast du gut aufgepasst."

„Süßes Osterlamm?" Meine Stimme klingt noch nicht wieder so fest wie sonst, und ich versuche, das mit kräftigem Räuspern zu überspielen.

„Ein Kuchen in Lammform", erklärt mir Sina. „Den haben wir drei doch heute Morgen gebacken, erinnerst du dich nicht?"

„Doch“, huste ich. „Jetzt, wo du es sagst.“

„Das Lamm friert bestimmt“, sagt Leonie. „So ohne Fell.“

Ich muss lachen. „Dann sollten wir es nicht mehr länger warten lassen. Ich kümmere mich um die Eier und die Bastelsachen, und ihr zwei um das Lamm, okay?“

Sina holt den Kuchen aus der Speisekammer und stellt ihn neben der Spüle ab. Dann setzt sie Leonie auf die Arbeitsplatte und drückt ihr eine Tüte Popcorn in die Hand.

„Das ist das Fell“, erklärt sie der Kleinen. „Ich streiche das Lamm mit Zuckerguss ein, und du klebst das Popcorn auf.“

Während ich den Tisch aufräume, behalte ich die beiden im Blick. Fröhlich plaudernd arbeiten sie sich vor, vom Kopf des Lamms bis zum Schwanz. Das Ergebnis sieht überraschend wollig aus. Und – wie sollte es anders sein? – sehr lecker.

Zufrieden lässt Leonie ihre Füße baumeln und stopft sich den Rest des Popcorns in den Mund. Sina steht vor ihr, scherzt mit ihr und leckt sich dabei den Zuckerguss von den Fingern.

Von jedem einzeln.

Sehr gründlich.

Und sehr genüsslich.

Die Schmetterlinge in meinem Bauch schlagen Salto.

Ich glaube, ich ignoriere sie nicht länger.

Ich lasse sie tanzen.

Kapitel 10

Odenwälder Kirschlikör

Sina

„Ein Likörchen nach dem Essen?“

Wie erwartet macht Jörg Goldstein am Abend seine Runde mit einer Flasche Odenwälder Kirschlikör. Ich nicke, was mir einen verwunderten Blick von Alexander einbringt.

Er sitzt direkt neben mir auf dem Sofa.

Die ganze Familie – bis auf Jonathan und Kim – hat sich im Wohnzimmer versammelt. Sogar die Zwillinge sind dabei. Sie liegen auf einer Decke im Laufstall und schlummern friedlich vor sich hin.

Ein paar Kerzen brennen, und im Kamin lodert ein warmes Feuer. Alexander hat eine Flasche Barolo geöffnet, die er sich mit Tom und seinen Eltern teilt. Oma Trudi, Nora und Leonie trinken heiße Schokolade.

„Draußen ist es empfindlich kalt geworden.“ Tom steht am Fenster und schaut in die Dunkelheit hinaus. „Hoffentlich gibt es keinen Frost! Das wäre schade um die Obstblüte.“

„Es ist nicht das erste Mal, dass es an den Feiertagen so kalt ist“, meint Oma Trudi. „Ich kann mich an ganz viele Ostern im Schnee erinnern.“

„So viele waren das nicht“, widerspricht Renate.

„Doch!“

Während sich jetzt eine kleine Diskussion darüber entspinnt, wie oft es an Ostern schon geschneit hat, nippe ich schweigend an meinen Likör. Er schmeckt süß, fruchtig und sehr alkoholreich. Lecker!

Verträumt lausche ich dem lebhaften Stimmengewirr um mich herum, das typisch für Familie Goldstein ist. Es ist lange her, dass ich mich so warm und geborgen gefühlt habe.

Und gleichzeitig so schuldig.

Alexanders Verwandtschaft ist mir total ans Herz gewachsen. So sehr, dass ich jetzt sogar Jonathan und Kim vermisse und am liebsten eines der Babys knuddeln möchte. Ich bin sicher, Nora würde mir sofort Oskar oder Paul geben, wenn ich fragen würde.

Sie vertraut mir.

Alle vertrauen mir.

Aber das ist falsch, ganz falsch!

Denn eigentlich gehöre ich gar nicht hierher, ich habe mich nur sehr geschickt in die Familie hineingeschmuggelt – und ein bisschen an ihrem Glück schnuppern dürfen.

Mehr aber auch nicht.

An ein Happy End mit Alexander ist nicht zu denken, auch nicht nach den Schokohasenküssen. Im Gegenteil, die verkomplizieren nur alles. Ich muss mich von ihm zurückziehen, bevor es zu spät ist und wir beide Schaden nehmen.

Je eher ich das einsehe, umso besser.

Was hat Ellie gesagt? *Eine Frau, die sich mit Lügen die Aufmerksamkeit eines Mannes erschleicht, der sie vorher noch nie beachtet hat – das ist keine gute Kombination.*

Ich fürchte, sie hatte recht.

Jetzt bleibt mir nur noch, mich um einen friedlichen Abschluss zu bemühen. Meinen Teil des Vertrages zu erfüllen, freundlich zu sein und die Familie zu bekochen. Mit ein bisschen gutem Willen kann ich meinen kleinen Ausflug in den Odenwald beenden, ohne dass jemand erfährt, warum ich wirklich hier war. Es sind ja nur noch zwei Tage, und wenn ich mich ab jetzt aus allem heraushalte, sollte das klappen …

„Willst du noch einen?“, fragt Jörg.

Warum eigentlich nicht? Das Zeug ist süffig und beginnt bereits zu wirken. Es betäubt meine trüben Gedanken auf sehr angenehme Weise. Also halte ich ihm mein Glas hin.

„Langsam!“, warnt Alexander.

Wir sitzen eng nebeneinander, denn auch Leonie und Nora haben sich noch mit aufs Sofa gequetscht. Meine Schulter lehnt gegen seinen Oberarm, ich kann seine Muskeln und seine Wärme sehr deutlich spüren. Leider kann ich nicht von ihm abrücken, sonst würde ich Leonie erdrücken.

„Warum nimmst du eigentlich keinen?“, frage ich ihn eine Viertelstunde später, als ich noch einen weiteren – den dritten – Likör getrunken habe. „Der tut echt gut.“

Tut er wirklich! Meine Gewissensbisse haben sich nämlich mittlerweile in Luft aufgelöst.

Renate lacht. „Alexander trinkt so etwas nicht. Seit knapp zwei Jahren verzichtet er auf alles Hochprozentige."

„Ich weiß", sage ich. „Das waren die Folgen des Junggesellenabschieds seines besten Freundes."

Hoppla!

Der Alkohol hat meine Zunge aber schnell gelöst!

„Woher weißt du das?", fragt Alexander, mehr überrascht als misstrauisch.

„Ich bitte dich, mein Sohn!", ruft Renate. „Diesen Kater hat man dir noch Tage nach dem Besäufnis angesehen."

„Ja, genau", ergänze ich, froh über das Stichwort. „Du hast mir richtig leidgetan, als du nach dem Wochenende bleich und leidend in meinen Laden reingeschlichen bist."

„Habe ich dir von dem Junggesellenabschied erzählt?" Er schüttelt den Kopf. „Da kann ich mich gar nicht mehr dran erinnern."

„Da siehst du mal, wie mies es dir ging."

„Jeder hat mal einen Kater", grinst Jörg. „Darauf trinken wir noch einen!"

Er verteilt die nächste Runde. Seine Hand ist nicht mehr ganz so sicher wie vorhin. Auch mir ist es schon ein wenig schwummerig. Vier Liköre innerhalb so kurzer Zeit sind nicht gut.

Ganz und gar nicht!

„Alex, weißt du noch?", fragt Nora lächelnd. „Als wir nach meiner Abi-Prüfung in Griechenland waren und wir Kids abends im Zimmer heimlich eine Flasche Ouzo geleert haben?"

„Wie könnte ich das vergessen?“

„Jonathan hat am meisten getrunken.“

„Der hat ja auch am meisten vertragen, obwohl er erst dreizehn war.“

Alexander lacht und legt seinen Arm auf die Rückenlehne. Genau hinter mich. Offensichtlich hat er meine voreilige Bemerkung über seinen Kater längst vergessen. Doch blöderweise passiert mir gleich darauf das nächste Missgeschick.

„Wahrscheinlich fliege ich wegen der vielen schönen Erinnerungen so gern nach Griechenland ...“, sagt er nämlich. Und ich blöde Kuh habe nichts Besseres zu tun, als „... jedes Jahr zwei Wochen auf Mykonos ...“ zu ergänzen.

Der Arm hinter meinem Rücken verschwindet. Ich spüre, dass er versucht, etwas Abstand zwischen uns zu bringen. Vergeblich, dazu ist es einfach zu eng.

„Du überraschst mich, Sina“, murmelt er. „Weißt du etwa auch, wo ich auf der Insel immer übernachte?“ Es soll scherzhaft klingen, aber ich höre seine Skepsis deutlich heraus.

Leider hält mich das nicht vom Antworten ab.

Im Gegenteil, ich bin schon so angeschickert, dass ich mich sogar darüber freue, dass mir der Name seines Hotels sofort einfällt. „Das Athena Palace in Agios Stefanos.“

Er runzelt die Stirn.

„Ups“, füge ich hinzu und blicke verlegen in die Runde.

Niemand hat Verdacht geschöpft.

Wieso auch?

Für seine Familie sind Alexander und ich gute Freunde. Da ist es nur normal, dass man einiges übereinander weiß.

„Wohin fährst du denn gern in den Urlaub, meine Liebe?“, erkundigt sich Oma Trudi freundlich bei mir.

„Ich spare und gönne mir alle zwei Jahre ein paar Wochen bei meiner Schwester in San Francisco.“

„Wo liegt Sanfranziko?“, fragt Leonie schläfrig.

„In Amerika“, erklärt Nora ihr. „Ganz weit weg.“

„Alexander hat mal ein halbes Jahr in Florida studiert.“ Jörg schenkt mir das fünfte Glas Likör ein. Er wankt schon ein wenig, als er vor mir steht. „Im ... äh ... wie hieß dieses Institut noch gleich?“ Ratlos hebt er die Schultern.

Und wieder mache ich den gleichen Fehler, dieses Mal aus lauter Freundlichkeit. „D-das Seminole State C-c-college“, helfe ich ihm.

Erstaunt stelle ich fest, dass ich stottere. Mein Glas kann ich auch nicht mehr richtig gerade halten. Ich sollte es leeren, bevor ich etwas verschütte!

„In der N-nähe von O-o-orlando“, füge ich noch hinzu, bevor ich austrinke.

Neben mir richtet sich Alexander auf.

Stocksteif sitzt er plötzlich da und schaut mich mit großen, entsetzten Augen an. Sein Gesicht ist blass geworden, fast schon grau.

Oder vielleicht bilde ich mir das auch nur ein, weil ich meine Umwelt nur noch durch einen sanften Nebel wahrnehme.

Ich fasse es nicht.

Woher weiß sie das alles?

Wir haben bislang nie über mein Studium gesprochen, und auch mein jährlicher Urlaub auf Mykonos war kein Thema.

Hat sie etwa in meinen Sachen herumgeschnüffelt?

Aber selbst wenn: Hier im Forsthaus habe ich so gut wie keine Unterlagen. Das, was sie weiß, kann sie eigentlich gar nicht wissen. Es sei denn, sie hat mich ausspioniert. Irgendwie muss sie ja an diese Informationen gekommen sein.

Aber wie?

War sie im Internet unterwegs?

Hat sie mich verfolgt?

Mir wird plötzlich ganz flau im Magen.

Zum einen, weil ich mich weigere, Sina als verrückte Stalkerin zu sehen. Zu anderen jedoch, weil es die einzig mögliche Erklärung ist: Sie ist nicht die Person, für die ich sie gehalten habe.

„Ist was, Alexander?“, will meine Mutter wissen. „Du sitzt so verkrampft da.“

„Äh … nö.“

Schon komisch, dass sie sich über meine angespannte Körperhaltung wundert, aber nichts daran findet, dass Sina bestens über mein Leben Bescheid weiß!

„Ich habe ehrlich gesagt ganz zu Anfang befürchtet, dass mein Sohn dich für deine Küchendienste bezahlt und ihr mir eure Freundschaft nur vorspielt", sagt sie jetzt zu Sina. „Aber ich muss sagen, ich habe mich getäuscht. Du kennst ihn wirklich gut."

Sina nickt und lächelt geschmeichelt.

„Und *ich* glaube nach wie vor, ihr seid liiert. Ihr wollt es nur nicht zugeben", meint Nora und macht wieder diese komische kreisende Geste mit der Hand.

„Nun lasst die beiden doch!", meldet sich jetzt auch noch meine Oma aus ihrem Lehnstuhl zu Wort. „Vielleicht wissen sie selbst noch nicht, was aus ihnen mal wird."

„Sie sind Freunde, die sich Schokoküsse geben." Für Leonie ist die Sache klar.

Das wird mir jetzt doch ein wenig zu brenzlig.

Zu viele Frauen, zu viele Meinungen.

Ich steige ja selbst kaum noch durch.

„Musst du nicht so langsam mal Leonie und die Jungs ins Bett bringen?", erkundige ich mich unfreundlich bei meiner Schwester.

„Ach, nö!", seufzt Leonie.

Doch Nora nickt und streicht ihrer Tochter übers Haar. „Dein Onkel hat recht, mein Schatz. Auch wenn er sich damit gerade sehr geschickt aus meinen Klauen herauswindet." Ihr Blick wandert von Leonie zu mir. „Aber so schnell entkommst du mir nicht, Brüderchen. Wir sprechen uns noch!"

Kaum haben sich Nora und Tom mit ihren Kindern verabschiedet, rutscht Sina ein ganzes Stück von mir ab.

„Ich … ich … s-s-sollte auch … auch g-gehen“, murmelt sie mit unsicherer Stimme. Entweder ist sie betrunken, oder ihr ist mittlerweile klargeworden, was sie getan hat.

Oder beides.

„Ach, bleib doch noch ein bisschen, mein Kind!“ Meine Oma schiebt sich das Kissen in ihrem Sessel zurecht. „Es ist gerade so gemütlich.“

„Aber … aber ihr wollt doch … b-b-bestimmt mal allein sein. Ohne m-mich.“

„Wieso denn? Alexanders Freunde sind uns herzlich willkommen“, sagt mein Vater. „Und du besonders.“

„T-trotzdem … ich …“

„Ich weiß, was wir machen!“, ruft meine Mutter, ohne auf Sinas Einwände zu achten. „Wir schauen uns alte Fotos an. Ich habe mehrere Alben mitgebracht, weil ich die Bilder über die Feiertage neu sortieren wollte. Sie liegen da hinten im Schrank. Jörg, hol sie doch bitte mal!“

„Muss das sein?“, stöhne ich.

Am liebsten würde ich aufstehen und gehen.

Mit Sina im Schlepptau.

Verdammt! Sie ist mir eine Erklärung schuldig!

Aber ich befürchte, sie würde mir nicht freiwillig folgen. Also muss ich bleiben, denn auf keinen Fall werde ich sie mit meiner Familie allein lassen. Ich traue ihr nicht mehr. Und dieses Misstrauen ist – neben meiner Enttäuschung – das Schlimmste …

Dachte ich zumindest.

Bis zu dem Moment, als meine Mutter das Album aufschlägt und Sina die Fotos zeigt. Diese findet, gestärkt durch einen weiteren Kirschlikör, plötzlich ihre Sprache wieder und wetteifert mit meiner Mutter darin, möglichst viele Informationen über mich preiszugeben.

Die Stimmung steigt, auch mein Vater und meine Oma beteiligen sich an dem lebhaften Gespräch. Niemandem scheint aufzufallen, dass ich einfach nur dasitze und lausche.

Völlig entgeistert und fassungslos.

Denn Sina weiß alles.

Dass ich als Junge eine Zahnspange getragen habe. Dass mir als Teenager alle vier Weisheitszähne herausoperiert wurden. Dass mein Sternzeichen Skorpion ist. Dass ich zweimal Schülersprecher war. Dass ich mein erstes Auto zu Schrott gefahren habe. Und dass ich immer noch total gerne mit dem Boot auf dem Main unterwegs bin.

Langsam verwandelt sich meine Bestürzung in Wut. Sehr, sehr große Wut – mächtiger noch als Enttäuschung und Misstrauen.

Wieso kennt sich diese Frau so gut in meinem Leben aus? Mit welchem Recht hat sie sich in meine Familie eingeschlichen? Was will sie von mir?

Plötzlich können die Antworten auf meine Fragen nicht mehr länger warten. Ich springe auf und ziehe sie mit mir.

Ruppig, fast grob

„Was iss?“ Sie schwankt, als sie steht, und klammert sich an meinem Arm fest.

„Wir beide gehen jetzt rauf.“

„Abba wir sin nonich feddich …“

„Wir machen morgen weiter.“

„Abba …“

„Alexander hat recht“, sagt meine Mutter. „Du musst dringend ins Bett, Sina.“ Vorwurfsvoll sieht sie meinen Vater an. „Warum hast du ihr nur so viel von diesem süßen Zeug gegeben?“

Der zuckt nur grinsend mit den Schultern, anscheinend hat er auch schon ein paar Gläschen zu viel gehabt.

„Aaaalso guuuut“, grölt Sina. „Ich kommmm … mmmit!“

„Soll ich noch beim Aufräumen helfen?“, frage ich meine Mutter.

Sie schüttelt den Kopf. „Das schaffen wir schon. Du hast genug mit ihr zu tun.“ Sie deutet auf Sina, die wie ein nasser Sack an meinem Arm hängt und fortwährend jammert, wie schlecht es ihr plötzlich geht.

Mein Mitleid hält sich in Grenzen.

Doch das war leider zu kurz gedacht. Denn wir schaffen es gerade noch die Treppe hinauf. Oben angekommen wird Sina plötzlich grün im Gesicht.

„Ohoh …“, stöhnt sie. „Tut mir sooo leid …“

Und dann übergibt sie sich auf mein schönes, sündhaft teures, frisch geöltes und handgehobeltes Nussbaum-Parkett.

Kapitel 11

Zitronendrops

Alexander

Das darf doch nicht wahr sein!

Zuerst zerstört Sina die zarten Gefühle, die ich für sie entwickelt hatte – und jetzt auch noch meine Einrichtung.

Beides mit voller Wucht.

Ich ignoriere geflissentlich, wie schlimm sie aussieht, als sie am Boden hockt und würgt. Es fehlt gerade noch, dass sie mir leidtut!

Als sie fertig ist, zerre ich sie hoch und schiebe sie vor mir her ins Bad. Sie wehrt sich nicht einmal, sondern blickt nur verschämt zu Boden und schnieft.

„Kommst du allein zurecht?“, will ich wissen.

„Womit?“

„Duschen. Umziehen.“

„Duschen?“, wiederholt sie mit schwacher Stimme.

Kurz entschlossen helfe ich ihr aus Hose und Bluse und stelle sie dann samt Unterwäsche in die Duschkabine. Das Wasser drehe ich absichtlich eine Spur zu kalt auf, aber auch das stört sie nicht. Sie steht einfach nur da, lässt sich nass regnen und schaut mich mit großen Augen an.

„Du ziehst dich jetzt aus, seifst dich ein und kommst erst wieder raus, wenn du sauber bist. Hast du das kapiert?“

Sie nickt.

„Ich hole dir frische Sachen und eine Kopfschmerztablette.“

Wieder nickt sie.

Keine Ahnung, ob sie mich überhaupt verstanden hat, aber einen Versuch ist es wert.

Als ich aus dem Bad komme, hockt Kim mit Eimer und Putzlappen im Flur und wischt den Boden auf.

Überrascht bleibe ich stehen. „Oh ... äh ... du musst nicht ...“

„Natürlich nicht“, entgegnet sie und lächelt verständnisvoll. „Ich tue es trotzdem. Wenn man solche Flecken nicht schnell genug beseitigt, kriegt man sie nie wieder heraus.“

Sie spricht wohl aus Erfahrung. Was bei meinem Bruder nicht weiter verwunderlich ist.

„Aber das ist nicht deine Aufgabe.“

„Nein, ist es nicht. Das war Sina, ich weiß. Jonathan und ich sind gerade nach Hause gekommen. Ihr Würgen war nicht zu überhören.“

„Und dann kommst du einfach hier rauf und putzt?“

„Warum nicht? Ist doch nichts dabei.“

„Wie hast du dir denn so schnell Eimer und Lappen besorgen können?“

„Der Eimer steht bei uns im Bad. Absichtlich, nehme ich an. Wahrscheinlich als versteckter Hinweis deiner Mutter, dass ich mich ab und zu nützlich machen könnte.“ Sie wringt den Lappen aus. „Also tue ich das jetzt auch.“

„Haben die anderen etwas von Sinas ... Missgeschick bemerkt?“

„Nein, keine Sorge! Die sitzen immer noch im Wohnzimmer und trinken Likör.“

Gut so!

Denn ansonsten hätte es sich weder meine Mutter mit ihren Krücken noch meine rheumakranke Oma nehmen lassen, ins Dachgeschoss zu kommen und sich persönlich um Sina zu kümmern. Wahrscheinlich hätten sie sogar so lange an ihrem Bett gewartet, bis diese eingeschlafen wäre. Damit hätten sie mir jegliche Chance auf schnelle Aufklärung verbaut.

Kim erhebt sich. „Wo ist Sina jetzt eigentlich?“

„Im Bad.“

„Die Arme! Ist sie ...“ Sie kommt etwas näher. „Ist sie schwanger?“, raunt sie mir ins Ohr.

„Was?“

„Könnte doch sein. Ihr behauptet zwar immer, ihr seid nur gute Freunde. Aber ich sehe, was ich sehe ...“

„Dann siehst du zu viel. Sina ist nicht schwanger. Und wenn, dann bestimmt nicht von mir.“

Ich weiß ja nicht mal, ob Sina überhaupt einen Freund hat. Und warum mir diese Vorstellung – trotz allem, was passiert ist – überhaupt nicht behagt. Wahrscheinlich war das alles ein bisschen zu viel heute Abend!

„Sie ist einfach nur betrunken, und jetzt geht es ihr ziemlich mies.“

„Was stehst du dann noch hier herum? Du solltest dich um sie kümmern!“

O ja, das werde ich!

Aber erst einmal bedanke ich mich bei Kim für ihre spontane Hilfe.

„Ich sagte doch bereits, es ist schon okay“, gibt sie freundlich zurück.

Als ich ein paar Minuten später mit einer Packung Kopfschmerztabletten an die Badezimmertür klopfe, hat Sina sich ein Handtuch umgeschlungen und hockt mit nassen Haaren auf dem Badewannenrand. Unterwäsche und Socken liegen zusammengeknüllt in der Dusche.

Ihre Augen sind stark gerötet, ein paar Tropfen haben sich in ihren Wimpern verfangen. Ob Duschwasser oder Tränen, das lässt sich so schnell nicht erkennen.

Gehorsam schluckt sie eine Tablette, trinkt etwas Wasser und nimmt die Kleidung entgegen, die ich ihr hastig zusammengesucht habe: Unterwäsche, Jogginghose, Socken – und eines meiner karierten Baumwollhemden.

„Das gehört mir nicht“, murmelt sie kraftlos.

„Ich habe bei dir so schnell kein frisches Oberteil gefunden. Zieh es einfach an!“

Sie nickt und drückt das Hemd an ihre Brust. „Das ist sehr nett von dir.“ Dicke Tränen treten in ihre Augen, die sie hastig abwischt. „Warum bist so nett zu mir?“, schnieft sie mit brüchiger Stimme.

„Ich bin nicht nett zu dir“, stelle ich klar. „Und wenn doch, dann aus rein egoistischen Motiven.

Denn ich will mit dir reden. Heute noch. Aber das geht nur, wenn du einigermaßen nüchtern bist."

„Bist du sauer auf mich?"

„Was glaubst du denn?"

„Du hast auch allen Grund dazu."

„Das sehe ich auch so. Und ich erwarte eine Erklärung von dir."

„Die kriegst du." Sie zögert. „Aber sollte ich nicht zuerst draußen saubermachen?"

„Musst du nicht, das hat Kim schon übernommen."

„Dann sollte ich mich bei ihr bedanken."

„Habe ich auch schon erledigt."

„Tja, also ..." Unschlüssig starrt sie auf die frische Kleidung in ihrer Hand. Anscheinend fallen ihr jetzt keine Ausflüchte mehr ein.

„Los jetzt!", beende ich unsere kleine Diskussion. „Ich warte in meinem Zimmer auf dich."

Sina

Die Tablette und die kalte Dusche wirken schnell.

Nach ein paar Minuten auf dem Badewannenrand kann ich wieder klar denken. Ja, ich kann sogar aufstehen und mich anziehen. Leider bessert sich meine Stimmung dadurch nicht.

Im Gegenteil!

Denn schlagartig wird mir bewusst, was ich heute Abend getan habe. Oder besser: was ich alles gesagt habe, das ich lieber für mich hätte behalten sollen.

Ich fürchte, ich stecke in großen Schwierigkeiten.

Und warum das alles?

Wegen ein paar Gläsern Kirschlikör!

Beim Gedanken an den Alkohol wird mir gleich wieder übel. Stöhnend schleppe ich mich zum Waschbecken und putze mir die Zähne. Dann kämme ich meine nassen Haare durch und betrachte mich im Spiegel: Müder Blick, geschwollene Augen und zusammengepresste Lippen.

Nein, heute Abend bin ich wahrlich keine Schönheit mehr.

Aber das ist jetzt auch schon egal.

Alexander wird mich sowieso nie wieder auf diese *eine* Art anschauen. Ich kann von Glück reden, wenn er mich nicht sofort aus dem Haus wirft.

Aber es hilft nichts, da muss ich jetzt wohl durch!

Leise klopfe ich an seine Tür.

Sein „Komm rein!" klingt höflich, aber reserviert.

Er sitzt auf dem Sofa und sieht sich nicht mal um, als ich ins Zimmer trete. Erst als ich direkt vor ihm stehe, schaut er auf und klopft mit der Hand auf einen Stuhl, den er vor das Sofa gestellt hat. So ein supermodernes Modell mit asymmetrischer Sitzfläche aus weißem Plastik.

Na, toll! Das sieht alles andere als bequem aus.

Aber ich bin wohl nicht in der Position, Ansprüche zu stellen, also nehme ich Platz und warte darauf, dass er mich anspricht.

Das tut er jedoch erst einmal nicht.

Stattdessen sitzt er einfach nur da und schaut mich an. Kritisch, abschätzend und – was mir am meisten wehtut – unglaublich enttäuscht.

Ich habe wohl echt Mist gebaut.

Aber was erwartet er jetzt von mir?

Dass ich von selbst anfange zu reden? Das würde ich ja gern, ich habe nur keinen Schimmer, wo ich beginnen soll. Verlegen rutsche ich auf dem Stuhl hin und her, senke den Blick und verstecke meine Hände in den viel zu großen Ärmeln des Hemdes.

„Woher weißt du so viel über mich?“, fragt er nach einer gefühlten Ewigkeit.

Sein unfreundlicher Ton versetzt mir gleich noch einen Stich. Ich muss schlucken, um den Kloß hinunterzuwürgen, der mir plötzlich im Hals hängt. „Ich … ich …“

„Hat dir meine Mutter alles erzählt?“

Diese Vermutung ist lächerlich, und das weiß er auch. Trotzdem wünschte ich mir plötzlich, es wäre so.

Traurig schüttele ich den Kopf.

„Steht das im Internet?“

„Nein. Natürlich nicht.“

„Dann nehme ich an, du hast in meinem Zimmer herumgeschnüffelt?“

„Das ist ja wohl ein Witz. Hier liegt doch gar nichts, in dem man herumschnüffeln könnte.“

„Aber wie …?“ Er bricht ab und hebt hilflos die Hände.

Ich habe ihn noch nie so fassungslos erlebt und kann den Anblick kaum ertragen. Also beschließe ich, ihm möglichst schnell die Wahrheit zu sagen.

„Im Grunde habe ich einfach nur zugehört.“

„Wem?“

„Dir.“

„Wann?“

„Jeden Morgen, wenn du in meinen Laden kamst."

„Aber … wie?"

„Du telefonierst viel und gibst dabei jede Menge Informationen über dich preis."

Zuerst sieht es so aus, als wolle er mir nicht glauben. Dann jedoch runzelt er die Stirn und scheint noch einmal über meine Worte nachzudenken.

Ich kann förmlich zusehen, wie es in ihm arbeitet.

„Du hast mich also belauscht", stellt er schließlich fest.

„Könnte man so sagen."

„Warum?" Er beugt sich vor.

Meine Kehle wird ganz eng. „Können wir diese Frage zurückstellen?"

„Okay. Aber du wirst mir darauf heute noch eine Antwort geben!"

„Das verspreche ich."

„Oh, Mann! Was für ein Schlamassel!" Er lässt sich zurück in die Kissen sinken und fährt sich mit der Hand durchs Haar. „Es gibt wenige Situationen, in denen ich das zugebe – aber jetzt hätte ich wirklich liebend gern eine Zigarette."

„Du rauchst doch gar nicht."

„Nur hin und wieder. Schlechte Angewohnheit." Er wirft mir einen langen Blick zu. „Nicht alle Wahrheiten erzählt man sich am Telefon."

Bei dem Gedanken an Zigarettenrauch kratzt mein Hals gleich noch ein wenig mehr, und ich muss husten. „Hast du … hast du was zu trinken da?"

„Du kriegst heute keinen Alkohol mehr, vergiss es!"

„Ich dachte auch eher an einen Schluck Wasser. Gegen den Hustenreiz."

Er kramt eine Packung Bonbons aus seiner Hosentasche und hält sie mir unter die Nase. „Zitronendrops?"

„Danke!"

Schweigen.

Offenbar überlegt er sich seine nächste Frage.

Ich lutsche so lange an meinem Bonbon herum.

„Ich kann es immer noch kaum glauben, dass ich freiwillig so viel über mich preisgegeben habe", murmelt er schließlich und schüttelt den Kopf. „Das Hotel auf Mykonos zum Beispiel. Wann habe ich das erwähnt?"

„Die Zahlung ans Reisebüro ging schief. Weißt du das nicht mehr? Du hast mit der Bank telefoniert."

„Oh, stimmt."

Wieder Schweigen.

„Und die Sache mit der Zahnspange und dem Weisheitszahn?"

„Du musstest dir in Frankfurt einen neuen Zahnarzt suchen. Die Sprechstundenhilfe hat deine Daten telefonisch aufgenommen."

„Mein Auslandssemester in Florida?"

„Hast du irgendwann deinen Freunden erzählt. Genauso wie die Sache mit dem Schülersprecher und dem Autounfall."

„Und woher weißt du mein Sternzeichen?"

„Du hast eine Kette um."

„Oh." Er greift unter seinen Pulli und zieht den kleinen goldenen Anhänger in Skorpionform hervor. „Normalerweise ist die Kette unter dem Hemd."

„Nicht immer."

„Verstehe", meint er. „Der Junggesellenabschied?"

„Dein Kater war nicht zu übersehen. Und den Rest der Geschichte weiß ich von Ellie. An diesem Morgen hat ausnahmsweise mal *sie* dich bedient."

„Sonst lande ich immer bei dir."

„So ist es."

„Ich nehme an, das erklärst du mir auch später?"

Ich nicke. „Und bevor du weiterfragst: Du verabredest dich regelmäßig mittwochs zum Rudern mit einem Kumpel. Auch per Telefon, und auch bei mir im Laden."

„Lieber Himmel! Ich sollte weniger telefonieren."

„Oder ich nicht lauschen." Mittlerweile fühle ich mich nicht mehr ganz so unwohl und kann sogar wieder einen kleinen Scherz machen.

Muss am Zitronendrops liegen.

Sauer macht lustig.

Leider reagiert Alexander nicht darauf. Er kaut auf seiner Unterlippe herum und tippt nervös mit den Fingern auf das Polster. In ihm arbeitet es immer noch, das spüre ich.

„Spionierst du auch anderen Kunden hinterher?"

„Nein."

„Du hast also nur *mich* zwei Jahre lang belauscht."

„Genau genommen sind es sogar zwei Jahre, ein Monat und sechzehn Tage."

„Woher weißt du das so genau?"

Jetzt kommt der schwierigste Teil des Gespräches, den ich am liebsten auslassen würde.

Aber ich habe ihm eine Erklärung versprochen, und dieses Versprechen werde ich halten. Also nehme ich meinen ganzen Mut zusammen und schaue ihm direkt in die Augen.

„Kannst du dir das nicht denken?“

Es dauert nur Bruchteile von Sekunden, bevor er realisiert, was ich ihm da gerade gestanden habe. Zuerst stutzt er, dann springt er auf und stellt sich ans Fenster. Schaut eine Weile hinaus und massiert sich dabei den Nacken.

„Wenn es dir hilft: Das war nur eine ganz dumme Schwärmerei“, fahre ich fort. „Und bis auf das Abhören deiner Telefonate völlig harmlos.“

„Harmlos? Immerhin hast du dir sehr geschickt Zutritt zu meinem Privatleben verschafft.“

„Ich werde ganz leise wieder verschwinden, das versichere ich dir. Und über meine dumme Verliebtheit bin ich längst hinweg.“ Dass meine Gefühle für ihn inzwischen wesentlich tiefer gehen, muss er nicht wissen.

„Ach ja?“ Der sarkastische Unterton ist nicht zu überhören. „Dann muss ich also keine Angst davor haben, dass du heute Nacht vor meinem Bett stehst und mich beim Schlafen beobachtest?“

„Nein. Ich sagte doch, ich bin geheilt.“

„Das ging aber schnell. Habe ich was falsch gemacht?“ Sein Lachen klingt bitter und unecht.

„Nein. Du hast alles richtig gemacht.“

Und zwar so gut und so gründlich, dass ich mich ernsthaft in dich verliebt habe.

Was völlig verdreht und verkehrt ist.

Und aussichtslos.

„Ich nehme an, die Geschichte mit dem Partyservice ist auch erfunden?“

„Ja.“

„Verdammt, Sina!“ Er fährt herum. „Ich habe dir vertraut und weiß jetzt nicht mehr, was ich denken soll. Du bist entweder völlig durchgeknallt, oder aber eine gefährliche Stalkerin.“

„Ich bin keine Stalkerin! Das musst du mir glauben.“

„Es geht hier nicht nur um mich. Du hast auch meine Familie belogen.“

„Das weiß ich, und es tut mir furchtbar leid. Sie sind alle so nett zu mir. Ich kann das gar nicht wiedergutmachen.“

„Was ist eigentlich mit deiner Familie? Wahrscheinlich hast du gar keine Schwester in Amerika.“

„Doch, die habe ich.“

„Und deine Eltern? Sind sie wirklich auf Besuch dort, oder sitzen sie traurig zu Hause herum und warten auf dich?“

„Nein, das tun sie nicht.“

„Sicher nicht? Es ist schließlich Ostern.“

„Ich bin mir sicher. Weil ...“ Ich hole tief Luft. „Weil sie tot sind.“

„Was?“ Betroffen blickt er auf, dann kommt er näher und setzt sich wieder aufs Sofa. „Sie sind tot?“ Seine Stimme klingt sanfter als noch vor ein paar Sekunden.

„Autounfall“, murmele ich und kann nicht verhindern, dass mir plötzlich dicke Tränen die Wangen hinablaufen. Ich will ihm diese Geschichte eigentlich gar nicht erzählen, auf sein Mitleid kann ich gut und gerne verzichten.

Doch er hat gefragt, und ich habe ihm Antworten versprochen.

„Wann?“

„Vor sechs Jahren.“

„Da warst du doch höchstens …“

„… zwanzig.“ Hastig wische ich mir mit dem Hemdsärmel über das Gesicht.

„Das ist heftig. Wie hast du das … ich meine … was hast du dann gemacht?“

„Was schon? Weitergelebt. Meine Schwester konnte nicht lange in Deutschland bleiben, also habe ich mich um alles gekümmert.“

„Und das heißt?“

„Ich habe alle Läden meines Vaters verkauft, bis auf unser Stammgeschäft am S-Bahnhof. Damit habe ich mich selbstständig gemacht, als ich die Meisterprüfung in der Tasche hatte.“

„Hast du nicht erzählt, du hättest Abitur?“

„Habe ich auch.“

„Meisterprüfung und Abitur? Und das alles in wenigen Jahren?“ Er bemüht sich, sachlich zu klingen, aber ich kann seine Zweifel deutlich heraushören.

„Man hat viel Zeit, wenn man abends und am Wochenende allein zu Hause herumsitzt“, entgegne ich leise. „Die Lernbücher der Volkshochschule waren eine gute Therapie gegen Trauer und Einsamkeit.“

Alexanders Miene wird weicher. Vorsichtig hebt er eine Hand, so als wolle er mir über die Wange streicheln. Im letzten Moment jedoch zieht er seine

Finger wieder zurück, springt auf und stellt sich wieder mit dem Rücken zu mir ans Fenster.

Jetzt wirkt er nicht mehr wütend, sondern erschüttert.

Ach, verflixt!

So hatte ich das nicht beabsichtigt. Ich wollte ihm Erklärungen liefern. Stattdessen habe ich ihm jetzt auch noch meine Probleme aufgehalst.

Ich muss unser Gespräch schnellstens beenden! Es ist alles gesagt, was es zu sagen gab.

„Darf ich jetzt gehen?“

„Ins Bett?“

„Wohin denn sonst?“

„Hätte ja sein können, du willst verschwinden.“

„Nicht mehr heute Nacht.“

„Gut. Denn wir haben immer noch einen Deal.“

„Ich werde meinen Teil erfüllen, wenn du darauf bestehst.“

„Das tue ich.“

An der Tür drehe ich mich noch einmal zu ihm um, um ihm eine gute Nacht zu wünschen. Aber er beachtet mich gar nicht, sondern starrt angestrengt zum Fenster hinaus.

So, als ob er auf etwas wartet.

Ich wüsste zu gern, auf was!

Kapitel 12

Apfelpfannkuchen mit Zimt-Sirup

Alexander

In dieser Nacht schlafe ich so gut wie gar nicht.

Stehe die meiste Zeit am offenen Fenster und schaue hinaus. Zähle die Lichter der Flugzeuge am Himmel. Beobachte den Lauf des Mondes. Und entdecke am frühen Morgen, als im Wald ein ohrenbetäubendes Vogelkonzert einsetzt, ein paar Hasen auf der Wiese.

Leonie wäre begeistert, wenn sie das sehen könnte.

Osterhasen am Ostersonntag!

Leider geben mir aber weder die Hasen, noch die Flugzeuge oder der Mond Antwort auf meine drängendsten Fragen.

Warum beschäftigt mich diese unschöne Sache mit Sina so sehr? Und wieso ist meine Wut gestern so schnell verraucht? Warum kann ich ihr nicht böse sein, trotz des Vertrauensbruchs, den sie begangen hat?

Die Vorstellung, wie sehr sie nach dem Tod ihrer Eltern gelitten haben muss, bringt mich fast um.
Auch der Gedanke, dass sie immer noch einsame und traurige Momente hat, gefällt mir nicht.

Ich will das nicht.

Ich will, dass sie *immer* glücklich ist.

Immer fröhlich.

Ist das wirklich nur Mitleid, was ich für sie empfinde?

Du bist entweder völlig durchgeknallt, oder aber eine gefährliche Stalkerin, habe ich gestern zu ihr gesagt. Heute früh muss ich zumindest *darüber* nicht mehr nachdenken. Ich weiß, dass sie nichts Böses wollte, als sie mir ihren verrückten Vorschlag gemacht hat. Sie hat lediglich die Chance ergriffen, mir ein wenig näher zu kommen.

Und ich?

Ich war der ahnungslose Trottel, der überhaupt nicht gemerkt hat, was in ihr vorging. Zwei Jahre, einen Monat und ein paar Tage lang.

Über meine dumme Verliebtheit bin ich längst hinweg, hat sie mir versichert.

Wenn das stimmt, könnten wir einfach so weitermachen wie bisher. Also nur noch Verkäuferin und Kunde sein.

Kein besonders schöner Gedanke!

Oder sollte ich nicht lieber den Bäcker wechseln und Sina vergessen?

Nein, auch diese Idee gefällt mir nicht.

Und das liegt nicht nur an den leckeren Kuchen und Brötchen, die niemand so gut backen kann wie sie.

Da ist mehr.

Viel mehr, wie ich mir plötzlich eingestehen muss.

Sina Müller hat irgendetwas an sich, das mich magisch anzieht.

Darauf kann und will ich nicht mehr verzichten. Ich möchte sie in meinem Leben haben.

Wie das funktionieren soll?

Keine Ahnung!

Diese Situation überfordert mich ...

Ich glaube, ich brauche dringend Schlaf.

Oder eine erfrischende Dusche.

Im Bad liegen immer noch Sinas Klamotten von gestern Abend herum. Allerdings hat sie Bluse und Hose so aufgehängt, dass sie trocknen können.

Kein schöner Anblick, aber er rührt mich trotzdem.

Als ich aus der Dusche komme, weht mir der Duft nach frisch gebratenen Pfannkuchen in die Nase, und im Erdgeschoss klappert Geschirr. Sina ist also schon in der Küche und bereitet das Frühstück zu. Anscheinend hält sie sich an den Deal.

Respekt! Ich war mir nach gestern Abend nicht sicher, ob sie nicht doch heimlich abhauen würde.

Jetzt mischt sich Kaffeeduft in den Pfannkuchengeruch. Herb und würzig schwebt er durchs Dachgeschoss.

Ob das ein Zeichen ist?

Eine Einladung?

Ich schaue auf die Uhr. Es ist erst halb sieben. Mit ein bisschen Glück erwische ich Sina allein in der Küche ...

Sina

Ich weiß, dass es Alexander ist, noch bevor er die Tür aufmacht, denn inzwischen kenne ich seine Schritte. Leichtfüßig springt er die Treppen hinab, die beiden letzten Stufen nimmt er immer auf einmal. Ein paar Sekunden später steht er vor mir. Frisch geduscht, mit nassen Haaren und – wie üblich – umwerfend gutaussehend.

„Hi!“, begrüßt er mich. Sein Blick ist vorsichtig, offensichtlich will er erst einmal testen, wie meine Stimmung ist.

Tja, wenn ich das selbst nur wüsste!

Gestern Abend, nach meinem Geständnis, war ich völlig fertig und wäre am liebsten sofort aus seinem Leben verschwunden. Heute Morgen sieht die Welt schon wieder ein bisschen heller aus.

Ich fühle mich erleichtert, unser Gespräch hätte ein wesentlich schlimmeres Ende nehmen können. Aber anscheinend will Alexander keinen Streit, sondern einen friedlichen Abschluss für unsere Geschäftsbeziehung.

„Guten Morgen“, gebe ich deshalb höflich zurück und wende mich wieder den beiden Pfannen zu, in denen die Eierkuchen braten. Eine Seite ist bereits goldgelb, das Fett brutzelt an den Rändern hervor, und die Eimasse mit den Apfelstückchen ist schon leicht gestockt.

„Das sieht lecker aus.“ Er tritt neben mich, lässt aber einen gewissen Abstand.

Trotzdem macht mich seine Nähe nervös. „O ja. Das ist ein altes Familienrezept“, plappere ich drauflos. „Man muss höllisch aufpassen, dass nichts anbrennt.“

Er nickt, sagt aber nichts.

Eine Weile beobachten wir die Pfannkuchen.

Ich frage mich schon, was er mit dieser komischen Aktion bezweckt, als er plötzlich aus seinem Schweigen erwacht. „Kann ich ... äh ... was helfen?“

Keine weitere Strafpredigt, kein Vorwurf mehr. Sondern einfach nur Normalität. Nichts lieber als das!

„Du könntest den Tisch decken“, sage ich. „Nimm das gute Geschirr, deine Mutter will das so.“

Gehorsam holt er das Zwiebelmuster-Service aus dem alten Buffetschrank. „Noch was?“

„Servietten und Deko liegen auf dem Fensterbrett.“

Die buntgemusterten Papierservietten mit den kleinen Küken haben wir zusammen gekauft, die Serviettenringe mit Hasenohren und die Kerzen in Eierform stammen aus meinen Beständen.

Alexander braucht eine Weile, bevor er den großen Küchentisch gedeckt hat und mit seiner Arbeit zufrieden ist. Dann öffnet er die Gartentür und lässt die kühle Morgenluft herein. Sofort ist auch wieder das unvermeidliche Vogelgezwitscher zu hören.

„Wunderschön und wolkenlos“, bemerkt er.

Ich blicke von meinen Pfannkuchen auf. „Wie geschaffen zum Ostereiersuchen.“

„Leonie wird ihren Spaß haben.“

Unschlüssig bleibt er am Tisch stehen und beobachtet mich. Er hat irgendetwas auf dem Herzen, das spüre ich. Aber er traut sich nicht, es anzusprechen.

Nun gut.

Soll er doch dort stehenbleiben!

Im Gegensatz zu ihm bin ich beschäftigt und kann die Zeit sinnvoll überbrücken.

Nacheinander hole ich die fertig gebackenen Pfannkuchen aus dem Fett und lege sie auf einen Teller. Dann fülle ich die nächsten Portionen in die Pfanne.

„Wie lange dauert das noch?“, will er wissen.

„Eine Viertelstunde, nehme ich an.“

„Aha.“

Eine Weile ist nur das Vogelgezwitscher und das Zischen der Pfannen zu hören.

„Kann ich noch was tun?“, fragt er schließlich nach einer gefühlten Ewigkeit.

„Der Zimtsirup muss in eine kleine Karaffe umgefüllt werden. Er steht im Kühlschrank. Ganz hinten, die Glasflasche mit dem Bügelverschluss.“

„Hast du den selbst gemacht?“

„Ja. Das geht ganz einfach. Nur Zucker, Wasser und Zimt.“ Ich hole die letzten Pfannkuchen aus dem Fett und stelle den Teller mit allen Eierkuchen in den vorgewärmten Ofen. „Fertig!“

„Endlich!“ Erleichtert lässt er die Sirupflasche sinken. „Was hältst du davon, wenn wir beide draußen im Garten eine Tasse Kaffee trinken?“

Wenig später sitzen wir auf der kleinen Holzbank im Vorgarten und halten beide einen dampfenden Kaffeebecher in der Hand. Es ist noch frisch hier draußen, ich bin froh, dass ich mich heute Morgen für meine Fleecejacke entschieden habe.

Aber von der Kälte abgesehen ist es herrlich.

Die Luft ist klar und frisch, ein paar Amseln hüpfen im Gras umher und suchen nach Würmern, Kirchenglocken läuten, und die Sonne kommt soeben hinter den blühenden Obstbäumen hervor.

Ein Ostersonntag wie aus dem Bilderbuch.

Jetzt endlich fasst Alexander sich ein Herz. „Ich habe nachgedacht."

„Oh, gut." Keine Ahnung, ob es gut ist, was ich gleich zu hören kriege. Aber eine bessere Antwort fällt mir nicht ein.

„Du hast etwas ziemlich Blödes gemacht. Aber … aber du hast es ja nicht getan, um mir zu schaden."

Ich nicke, erleichtert darüber, dass er das eingesehen hat.

„Und … und … äh … für seine Gefühle kann man schließlich nichts", fährt er fort.

„Das hat sich erledigt, das sagte ich doch schon."

Er lässt das unkommentiert und nimmt noch einen Schluck Kaffee. „Wenn ich konsequent wäre, müsste ich den Kontakt zu dir abbrechen", sagt er. „Aber will mir keine andere Bäckerei suchen, Sina. Ich will *deinen* Kuchen."

„Oh, das …"

„Und als … äh … Kumpel bist du mir auch ans Herz gewachsen. Warum machen wir daraus keine echte Freundschaft?"

„Freundschaft?“, wiederhole ich gedehnt.

Wie meint er das? Soll ich etwa jedes Wochenende mit ihm ausgehen? Bier trinken und dabei zusehen, wie er mit anderen Mädchen flirtet?

Ich weiß nicht, ob ich das kann.

Aber noch viel weniger möchte ich ihn verlieren. Was unweigerlich passieren würde, wenn ich ihm meine Freundschaft jetzt verweigere.

Also halte ich meine Hand hin. „Okay. Wenn es das ist, was du willst.“

„Super!“ Er schlägt ein.

Sofort spüre ich wieder diese merkwürdige Energie zwischen uns. Ein warmes Kribbeln, das vom Arm bis ins Herz wandert. Er tut so, als bemerke er nichts, aber er lässt meine Hand auch nicht los.

Um die sonderbare Stimmung zu entspannen, die plötzlich zwischen uns herrscht, mache ich einen kleinen Witz. „Das Geld für meine Dienste will ich trotzdem.“

Er lächelt. „Kriegst du.“

„Und du wirst ab sofort darauf bestehen, im Laden nur von mir bedient zu werden.“

„In Ordnung.“

„Und ...“

„Sina?“ Er runzelt die Stirn. „Übertreib es nicht!“

„Kann ich dann wenigstens meine Hand wiederhaben?“

„Oh ... ja ... natürlich.“

„Wie neckisch!“, kommt Jonathans amüsierte Stimme aus einem Fliederbusch direkt vor unserer Nase.

Gleich darauf tritt er vor, mit Kim im Schlepptau. Beide tragen knallige Sportklamotten und sehen schlank, durchtrainiert und sonnengebräunt aus. Und kein bisschen außer Atem – die ideale Besetzung für ein Fitnessvideo.

Lachend präsentiert uns Kim ihr Handy. „Das sah so süß aus, wie ihr vorhin Händchen gehalten habt. Das musste ich unbedingt fotografieren und posten."

„Posten?", erkundige ich mich alarmiert.

„Ohne unsere Erlaubnis darfst du das gar nicht", fügt Alexander hinzu.

„Kein Stress, Leute! Es sind doch nur eure Hände", versichert uns Kim eilig, und ihre Piepsstimme klingt dabei gleich noch ein wenig schriller als sonst. „Außerdem werde ich das Bild farblich bearbeiten. Niemand wird euch erkennen."

„Wie lange lauscht ihr schon?", fragt Alexander seinen Bruder.

„Nur kurz", entgegnet dieser. Sein Grinsen ist undurchschaubar. Ich wette, er hat alles mitangehört und zieht jetzt seine ganz eigenen Schlüsse. Doch offensichtlich will er sie uns noch nicht verraten.

„Geht es dir wieder gut, Sina?", wendet er sich an mich.

„So einigermaßen."

„Deine Kotzerei war gestern Abend leider nicht zu überhören."

„Tut mir leid. Ich habe zu schnell zu viel vom Odenwälder Kirschlikör getrunken."

„Teuflisches Zeug. Aber wie ich gehört habe, hat sich mein Bruder danach sehr nett um dich gekümmert. Darauf kannst du dir echt was einbilden, das hat er noch nie für eine Braut gemacht. Allerdings haben die anderen, die ich kennenlernen durfte, auch nicht so kräftig gesoffen wie du."

„Das reicht jetzt!" Verärgert springt Alexander auf.

Jonathan weicht ein paar Schritte zurück und grinst seinen Bruder aus sicherer Entfernung frech an. „Schon gut, Alter! Dein Liebesleben geht mich nichts an. Ich habe genug mit meinem eigenen zu tun. Komm, Kimmie! Wir gehen ins Haus und legen uns wieder ins Bett."

„Aber heute ist Ostern!", protestiert Kim, ohne von ihrem Handy aufzublicken. „Wir müssen Eier suchen."

„Eier suchen?" Jonathans Lächeln wird noch ein wenig breiter. „Das können wir auch im Bett tun, glaub mir!"

Wir hören ihr anzügliches Gekicher, bis sie im Haus verschwunden sind. Dann lässt sich Alexander stöhnend zurück auf die Bank fallen und schüttelt den Kopf.

„Weißt du was?"

„Hm?"

„Das ist jetzt schon der zweite Moment innerhalb von zwölf Stunden, in dem ich mir dringend eine Zigarette wünsche."

Kapitel 13

Tuttifrutti-Kaugummizigaretten

Alexander

Wenn ich gewusst hätte, was an diesem Ostersonntag noch alles auf mich zukommt, hätte ich vermutlich eine ganze Schachtel Zigaretten eingesteckt.

Oder noch besser: eine Stange.

Die dritte Zigarette hätte ich gleich nach dem Frühstück gebraucht. Nicht, weil es weiteren Ärger mit meinem Bruder gibt, sondern als Verdauungshilfe.

Denn Sina tischt groß auf: Kaffee für die Erwachsenen, heiße Schokolade für Leonie, frisch gepressten Orangensaft, selbst gebackene Brötchen, Aufschnitt, Käse, Marmelade, Honig und Butter vom Bio-Bauern. Als Krönung serviert sie die Apfelpfannkuchen mit Zimtsirup.

Kim macht natürlich das obligatorische Foto vom Essen, meine Oma erzählt von früheren Osterfesten, Leonie hört begeistert zu, Jonathan schläft mit offenen Augen und der Rest scheint einfach nur glücklich zu sein, im Kreise der Familie feiern zu können.

Danach geht es zur Ostereiersuche nach draußen.

Natürlich hat es sich mein Vater nicht nehmen lassen, auch für uns Großen ein Nest zu verstecken. Bald schon laufen alle auf der Wiese herum und suchen. Wenn jemand etwas findet, wird laut gejubelt. Auch Sina bekommt ein kleines Geschenk und ist völlig gerührt. Überschwänglich bedankt sie sich bei meiner Mutter. Diese scheint sich sehr über Sinas Reaktion zu freuen und drückt sie liebevoll an sich.

Wenig später, als alle mit ihren Geschenken beschäftigt sind, zieht meine Mutter mich unauffällig zur Seite.

„Mir kannst du es doch sagen", beginnt sie das Gespräch.

„Was soll ich dir sagen?"

„Mein lieber Junge." Sie beugt sich vor, so gut das mit ihren Krücken geht. „Glaubst du wirklich, du kannst mir etwas vormachen?", raunt sie mir zu. „Du und Sina, ihr seid verliebt."

„Was? Nein!"

„Ach komm schon! Ich sehe doch die vielen innigen Blicke, die ihr tauscht, wenn ihr euch unbeobachtet fühlt. Und dann gestern, dieser nette Abend mit den vielen Erinnerungen. Sie kennt dich wirklich gut."

„Das ... äh ... stimmt wohl."

„Warum gibst du es dann nicht zu? Sie ist ein ganz reizendes Mädchen und tut dir richtig gut. Außerdem fördert sie Seiten an dir zutage, von denen ich nicht mal wusste, dass du sie besitzt."

„Was meinst du?"

„Dein Interesse für den Haushalt zum Beispiel. Oder wie besorgt du immer um sie bist. Du lässt sie ja kaum allein."

„Das hat andere Gründe."

„Aber weißt du, was mich endgültig davon überzeugt hat, dass es etwas Ernstes ist?", fährt sie unbekümmert fort. „Die Tatsache, dass Sina nicht in deinem Zimmer schläft."

Wie bitte? „Muss ich diese Logik jetzt verstehen?"

„Ich bitte dich, das ist doch ganz offensichtlich. Man besteht nur auf ein eigenes Bett, wenn man am Anfang einer wunderbaren Beziehung steht und nichts überstürzen will."

„Aber sie hat doch gar nicht darauf bestanden!", protestiere ich und merke gleich darauf, dass ich mich hier auf eine Diskussion einlasse, die ich gar nicht führen will.

Schon gar nicht mit meiner Mutter.

„Dein Vater und ich, wir sind mehr als einverstanden mit deiner Wahl. Und Oma mag sie auch." Sie deutet auf Sina und Oma Trudi, die fröhlich schwatzend auf einer Bank sitzen. „Sie ist die Richtige, mein Junge!"

Das reicht jetzt.

„Entschuldige mich!", sage ich und lasse sie einfach stehen.

Zum Glück kann sie mir mit den Krücken nicht so schnell folgen. Ich laufe bis zum Weiher, setze mich auf den Steg und schaue ein paar Enten beim Baden zu.

Auch jetzt würde ich gern rauchen. Und sei es auch nur, um für die Dauer einer Zigarettenlänge ungestört zu sein und über nichts nachdenken zu müssen …

Noch ein weiteres Mal verspüre ich an diesem Tag Lust auf Nikotin, dieses Mal aus Langeweile: im Kindergottesdienst, der traditionell am Nachmittag stattfindet, und den man vermutlich nur dann aufregend findet, wenn man selbst Mutter oder Vater ist.

Als Onkel hingegen, der in der letzten Nacht kein Auge zugetan hat, muss man höllisch aufpassen, nicht einzuschlafen. Zum Glück sitzt Sina neben mir und stupst mich immer wieder an, wenn mein Kopf nach vorne sinkt.

„Willst du eine Zigarette?“, wispert sie, als es wieder einmal so weit ist.

„Ist das dein Ernst?“, flüstere ich zurück. „Ich kann doch hier nicht rauchen.“

„Diese hier schon.“ Sie hält mir eine Packung Kaugummizigaretten mit Tuttifrutti-Geschmack unter die Nase.

„Wo hast du denn die so schnell hergezaubert?“

„Aus der Vorratskiste. Eigentlich wollte ich die Packung Ellie schenken. Sie ist ganz verrückt nach Kaugummis mit Fruchtgeschmack.“

Ich eigentlich nicht, aber das Kauen hält mich wenigstens vom Einschlafen ab. Also nehme ich mir zwei Zigaretten und bin für den Rest des Gottesdienstes beschäftigt. Trotzdem atme ich auf, als die Messe vorbei ist, und wir gemütlich durch den Wald nach Hause schlendern.

Meine Eltern und meine Oma sind schon mit dem Auto vorgefahren. Kim und Jonathan haben beschlossen, einen kleinen Umweg zu nehmen.

So sind es nur Tom und Nora, die mit dem Kinderwagen neben mir gehen. Und natürlich Leonie und Sina, die hinter uns laufen und lauthals noch einmal die Lieder singen, die sie gerade im Gottesdienst gelernt haben.

Als wir um die letzte Kurve biegen und das Haus in Sicht kommt, bleibt Nora überrascht stehen. „Wir haben Besuch bekommen“, meint sie und kneift die Augen zusammen. „Scheint eine junge Frau zu sein ...“

„... mit einem echt coolen Sportwagen“, ergänzt Tom. „Das ist ein BMW M6 Coupé.“

„Komisch. Mama und Papa haben gar nicht erzählt, dass sie noch jemanden erwarten.“

„Ist das eine Verwandte von euch? Kennst du die Frau?“

Nora schüttelt den Kopf. „Nö.“

Aber ich kenne sie.

Ich kenne jede einzelne ihrer wunderschönen schwarzen Locken. Ich kenne ihr apartes Gesicht und ihren schlanken, sportlichen Körper, ihre olivfarbene Haut und das kleine herzförmige Muttermal auf der rechten Wange.

Ja, ich kenne sie.

Gut sogar.

Aber ich habe mich noch nie so wenig gefreut, sie zu sehen, wie in diesem Moment.

„Das ist Michelle", bringe ich mühsam heraus und verschlucke dabei mein Kaugummi.

Hinter mir verstummt der Gesang.

Nora wirft mir einen fragenden Blick zu.

„Wer?" Sina tritt neben mich.

„Michelle."

„Die sieht aber schön aus! Ist sie auch eine Freundin von dir?", erkundigt sich Leonie begeistert.

Ich nicke, während ich gleichzeitig Michelle dabei beobachte, wie sie das Auto abschließt und sich zu meinen Eltern umdreht. Länger als nötig verweilt ihr Blick auf meiner Mutter und auf meiner Oma. Wahrscheinlich erinnert sie sich sehr gut daran, was ich ihr noch vor ein paar Tagen über den Gesundheitszustand der beiden erzählt habe.

Scheiße!

Das gibt Ärger.

Warum ist sie hier? Sie kann doch nicht einfach so in unser Familienfest platzen!

Aber ich ahne den Grund für ihren Besuch. Was hat sie neulich erst gesagt? *„Irgendwann werden wir diesen nächsten Schritt gehen müssen."*

Offensichtlich hält sie den Zeitpunkt für gekommen.

Ohne mich zu fragen.

Auf einmal wird mir ganz flau im Magen.

Jetzt bräuchte ich eine große, starke Zigarette.

Oder noch besser: eine Zigarre.

Am liebsten ein ganzes Tabakfeld ...

Sina

„Nicht alle Wahrheiten erzählt man sich am Telefon."

Dieser Satz von gestern Abend schießt mir sofort durch den Kopf, als ich die fremde Frau vor dem Haus stehen sehe.

Sie ist groß, schlank und elegant gekleidet. Weiße Hose und olivgrüne Bluse, die ihre gebräunte Haut und ihre langen dunklen Locken hervorragend zur Geltung bringt. Dazu hohe Stöckelschuhe, Modeschmuck in Naturfarben und ein hübsches, dezent geschminktes Gesicht.

Als sie uns jetzt auf der Zufahrtsstraße entdeckt, lächelt sie.

War ja klar – natürlich sind auch ihre Zähne perfekt und makellos!

Meine stehen seit der Teenagerzeit ein wenig schief, und auch sonst kann ich heute, ungeschminkt und im einfachen hellblauen Leinenkleid, kaum mit ihr mithalten.

„Alex", sagt sie mit einer umwerfend rauchigen Stimme.

Mehr nicht, nur *„Alex".*

Aber ich wette, jeder versteht, wie sie das meint.

Vor uns steht Alexanders Freundin.

Eine Beziehung, von der ich nicht die geringste Ahnung hatte. Diese Erkenntnis wirft mich für einen Moment lang völlig aus der Bahn. Aber nicht nur ich scheine von Michelles plötzlichem Auftauchen überrascht worden zu sein. Auch die anderen reagieren nicht ganz so herzlich, wie man es erwarten würde.

Oma Trudi, Renate und Jörg begrüßen Michelle zurückhaltend. Alle drei wissen anscheinend nicht so recht, wie sie mit dieser Situation umgehen sollen. Renates Blick huscht forschend zwischen Alexander und Michelle hin und her.

Tom sagt nur kurz „Hallo“ und wendet sich dann mit viel größerem Interesse Michelles Auto zu.

Nora entschuldigt sich, als einer der Zwillinge zu schreien beginnt. „Die Jungs haben Hunger. Ich gehe schon mal ins Haus. Komm mit, Leonie!“ Als sie den Kinderwagen an mir vorbeischiebt, legt sie kurz eine Hand auf meine Schulter.

Fast so, als wolle sie mich aufmuntern.

Und jetzt kommen auch noch Jonathan und Kim angelaufen. Sie entdecken Michelle erst spät.

„Hoppla! Wen haben wir denn da?“, ruft Jonathan und mustert beide, sowohl Michelle als auch ihr Auto, mit echtem Interesse. „Ziemlich edles Modell“, fügt er bewundernd hinzu.

Kim versetzt ihm einen Stoß in die Rippen.

Und Alexander?

Was macht der?

Der steht immer noch neben mir.

Hat sich keinen Zentimeter gerührt und beobachtet die ganze Szene mit angespanntem Gesichtsausdruck. Keine Spur von Wiedersehensfreude, diese Begegnung scheint ihm extrem unangenehm zu sein.

„Alex“, wiederholt Michelle, und dieses Mal klingt es eher nach einer Aufforderung.

„Ja?“ Er muss sich zu diesen zwei Buchstaben zwingen, das spüre ich genau. Sein Kehlkopf hüpft, als er mehrere Male schlucken muss. Und auf seiner Stirn hat sich ein kleiner Schweißfilm gebildet.

So gestresst kenne ich ihn gar nicht.

Es steht ihm auch nicht.

Doch dann reißt er sich zusammen. „Was für eine Überraschung!“ Seine Stimme klingt heiser und wackelt ein bisschen. „Mama, Papa, darf ich vorstellen? Das ist Michelle van der Kamp, meine … äh … Freundin.“

Als ob sie diese Aussage bestätigen müsse, geht Michelle jetzt auf Alexander zu und küsst ihn direkt auf den Mund.

Lang und leidenschaftlich.

Fehlt nur noch, dass sie dabei schnurrt. Rasch wende ich mich ab. Das ist mehr, als ich ertragen kann.

„Deine Freundin?“, wiederholt Renate verblüfft. „Ich dachte, dass …“

„Hat er nicht von mir erzählt?“ Michelle ist fertig mit Knutschen und dreht sich wieder zu den anderen um. „Er hat wohl gern ein kleines Geheimnis. So ein böser, böser Junge!“

Sie lacht, aber außer Jonathan findet das keiner komisch.

„Ich verstehe das nicht so ganz“, piepst Kim. „Drei sind doch einer zu viel, oder etwa nicht?“

„Drei?“ Michelle runzelt die Stirn.

„Na ja, du, er und …“

„Hallihallo“, rufe ich, bevor Kim ihren Satz beenden kann, und trete einen Schritt vor.

Hallihallo?

Etwas Blöderes ist mir wohl nicht eingefallen!

Überrascht schaut Michelle mich an. Offenbar hat sie mich bislang gar nicht richtig wahrgenommen. Aber noch ehe sie etwas entgegnen kann, baut sich Oma Trudi vor ihr auf.

„Ich mag alt und vergesslich sein, aber trotzdem bin ich mir sehr sicher, dass mein Enkel Sie noch nie erwähnt hat. Deswegen ist er aber noch lange kein böser, böser Junge." Sie macht aus ihrem Missfallen über diese merkwürdige Situation keinen Hehl.

„Ich bin Jonathan, Alexanders Bruder." Jonathans Vorstellung fällt um einiges charmanter aus als die Worte seiner Großmutter. „Und das ist Kimmie, meine Freundin."

„Ja", echot Kim.

Michelle beachtet sie nur kurz, dann heftet sie ihren Blick wieder auf mich. „Und wer ist das?"

„Wie? Ihr kennt euch nicht?", fragt Alexanders Vater leicht verwundert.

Bislang hat sich Jörg aus der Unterhaltung herausgehalten. Warum muss er ausgerechnet jetzt die alles entscheidende Frage stellen? Michelle kann mich nicht kennen, weil ich bislang in Alexanders Leben gar keine Rolle gespielt habe. Das dürfen wir aber nicht so offen sagen, sonst kommt unser kleiner Küchenschwindel heraus.

„S-s-sina", stammele ich, noch bevor jemand anderes etwas sagt. „Eine ... äh ..."

„Ja?" Michelle schenkt mir ein geduldiges Lächeln. Sie scheint mich für eine Art Familientrottel zu halten.

„Sina ist eine sehr gute Freundin von Alexander", sagt Renate, wobei sie das *„sehr"* überdeutlich betont.

„Eine Freundin?" Schlagartig wechselt Michelles Gesichtsausdruck von überheblich zu feindselig.

Ich weiche einen Schritt zurück und erkenne zu spät, dass ich damit wieder genau an Alexanders Seite stehe.

Doch der bemerkt das gar nicht.

„Sina ist ... ein guter Kumpel", bringt er stockend hervor – in einer Tonlage, die fatal an Kims Quietschen erinnert. „Habe ich dir ... äh ... echt noch nie von ihr erzählt?"

„Das arme Mädchen hätte Ostern ganz allein verbringen müssen." Renate humpelt auf mich zu und legt einen Arm um mich. Eine sehr mütterliche Geste, die Michelle überhaupt nicht gefällt.

„Nein wirklich? Wie furchtbar!" Sie mustert mich mit neuem Interesse.

Ich halte ihrem stechenden Blick stand, so gut es geht.

Schließlich wendet sie sich ab. „Du bist mir eine Erklärung schuldig", sagt sie in eisigem Tonfall zu Alexander und schaut dann zu Renate und Oma Trudi. „Oder auch zwei oder drei, wenn ich es mir recht überlege."

Alexander scheint sofort zu verstehen, was sie damit meint. „Ich weiß. Aber erst, wenn wir mehr Zeit haben, okay? Heute ist es ungünstig."

„Keine Angst! Ich habe nicht vor, so schnell wieder nach Hause zu fahren."

„Was ... wie ..."

„Genau genommen hatte ich gehofft, ich könnte über Nacht hierbleiben. Bei dir. Ihr scheint ja eine sehr gastfreundliche Familie zu sein."

„Tut mir leid, bei uns sind leider alle Zimmer belegt", meint Renate, doch ihr Bedauern klingt nicht ehrlich.

„Ich könnte dich ins Dorf fahren, dort gibt es einen netten Gasthof", bietet Alexander eilig an.

„Aber Honey!" Michelle hat ihr falsches Lächeln wiedergefunden. Mit einer aufreizend-verführerischen Geste streicht sie ihm über die Wange. „Sei nicht albern! Ich kann doch bei dir im Bett schlafen."

Wumm!

Treffer.

Versenkt.

Sie hat allen klargemacht, wer sie ist, und wo sie hingehört.

Kapitel 14

Rhabarberstreusel mit Vanillesoße

Alexander

„Wer ist Sina?", fragt Michelle, kaum dass wir mein Zimmer erreicht haben.

Sie schaut sich nicht einmal um, sondern lässt einfach ihre Tasche fallen und bleibt nur wenige

Zentimeter vor mir stehen. „Wer ist Sina?“, wiederholt sie, dieses Mal mit drohendem Unterton. Ihre dunklen Augen blitzen, und ihre Lippen beben vor Zorn.

Ich habe sie selten so aufgebracht erlebt. Normalerweise finde ich diese spärlichen Gefühlsregungen immer äußerst sexy, heute jedoch macht mir die kalte Wut in ihrem Blick Angst.

„Sina ist meine Bäckerin.“

Eine gute, weil ehrliche Antwort. Überhaupt: Ich sollte versuchen, so lang wie möglich bei den Fakten zu bleiben.

Leider beruhigt meine Bemerkung Michelle nicht. „Deine Bäckerin?“, blafft sie mich an. „Das glaubst du doch wohl selber nicht! Seit wann feiert man mit seiner Kuchenlieferantin Ostern?“

„Sie ist nicht nur Bäckerin, sie hat auch einen Partyservice.“

Als ob das irgendetwas erklären würde!

Außerdem habe ich mit der letzten Bemerkung meinen gerade erst gefassten Vorsatz schon wieder gebrochen und ihr eine Lüge aufgetischt. Aber was bleibt mir auch anderes übrig? Die Wahrheit würde sie nur noch mehr aufregen.

„Auch ein Partyservice qualifiziert nicht zur Teilnahme an einer Familienfeier. Schon gar nicht als *sehr gute Freundin*, wie deine Mutter es so nett formuliert hat.“

„Meine Mutter weiß nicht, wie es wirklich ist.“

Michelle stößt ein kurzes, höhnisches Lachen aus. „Wie sollte sie auch? Die Arme kriegt ja vor Schmerzen kaum etwas mit, nicht wahr?“ Ihr

Zeigefinger bohrt sich in meine Brust. „So ein Blödsinn! Weder deine Mutter noch deine Oma liegen stöhnend in der Ecke, wie du mir letzte Woche am Telefon weismachen wolltest. Oder hatten sie eine spontane Wunderheilung?“

„Da habe ich wohl etwas übertrieben. Tut mir leid.“

„Ganz offensichtlich hast du mich angelogen, damit ich dich nicht begleite. Und jetzt, wo ich hier bin, verstehe ich auch den Grund. Du wolltest die Feiertage nämlich lieber mit dieser kleinen Bäckerin verbringen.“

„Nenn sie nicht so! Sie heißt Sina“, entgegne ich und merke im selben Moment, dass das keine gute Antwort war. Michelle sieht nämlich schon wieder so aus, als würde sie im nächsten Moment explodieren. „Es ist nicht so, wie es aussieht“, füge ich deshalb hastig hinzu.

„Ist es nicht?“, zischt sie. „Wie originell!“

So kommen wir nicht weiter. Ich will diesen hässlichen Streit nicht, aber mir ist klar, dass ich mich ihren Anschuldigungen stellen muss.

„Darf ich dir alles in Ruhe erklären?“

„Du *darfst* nicht nur, du *musst*.“

„Das wird ein wenig dauern.“

„Ich habe Zeit.“

Und so erzähle ich ihr, was sie wissen muss – nicht ganz die volle Wahrheit, sondern nur eine Light-Version der Ereignisse: dass es kein böser Wille war, sie nicht mit in den Odenwald zu nehmen. Dass die Sache mit Sina nur ein geschäftliches Arrangement ist. Dass meine Familie das aber nicht weiß und auch nicht erfahren soll.

In Michelles Augen ist mein Verhalten egoistisch und herzlos, und das sagt sie mir auch, als ich mit meinem Geständnis fertig bin. „Weißt du, wie mies ich mich vorhin gefühlt habe?“, beendet sie ihre Strafpredigt. „Ich habe echt geglaubt, du betrügst mich.“

„Ich schwöre dir, mit Sina ist nichts passiert.“

Bis auf die Schmetterlinge.

Und die Schokohasenküsse.

Aber diese Dinge behalte ich lieber für mich – genauso wie ich Michelle auch schon Sinas raffinierte Lügengeschichten und ihre kleine Schwärmerei für mich verschwiegen habe.

Denn ich wette, sie würde das falsch verstehen, was unweigerlich zu noch mehr Streit und Diskussionen führen würde. Und so etwas kann ich momentan nun wirklich nicht auch noch gebrauchen!

Ich komme ja sowieso kaum zum Luftholen.

Geschweige denn zum Nachdenken.

„So etwas Dummes tust du nie wieder, versprich mir das!“ Michelles Stimme klingt ruhiger als noch vor ein paar Minuten. „Das nächste Mal fragst du *mich*, ob ich dir helfen kann.“

„Aber wir können doch beide nicht richtig kochen.“

„Und wenn schon! Zu zweit hätten wir das hingekriegt.“ Sie nimmt meine Hand und verschränkt unsere Finger. „Oder etwa nicht?“

Ich nicke, während ich mich frage, ob sie jetzt wohl einen Versöhnungskuss erwartet. Komisch!

Warum muss ich darüber überhaupt nachdenken? Sollte das nicht ganz automatisch passieren?

„Ich verzeihe dir, du dummer Junge!“, murmelt Michelle, kommt noch ein bisschen näher und blickt mich erwartungsvoll an.

Warum zögere ich immer noch?

„Alex?“, gurrt sie mit tiefer Stimme.

Aber noch bevor ich reagieren kann, wird die Tür aufgerissen und Leonie hüpft ins Zimmer. „Es gibt Essen!“, ruft sie und stört sich nicht im Mindesten daran, dass Michelle aufstöhnt und sich dann leise fluchend abwendet.

„Kommt schon!“ Leonie nimmt meine Hand und zieht mich zur Tür hinaus.

Im Treppenhaus duftet es verführerisch nach gebratenem Speck und Rosmarin. Das Stimmengewirr aus der Küche ist bis hier oben zu hören, alle scheinen sich schon am Tisch versammelt zu haben.

Sie warten.

Nicht auf mich oder Leonie, sondern auf Michelle.

Ach, verdammt!

Auf dieses Treffen ist niemand vorbereitet.

Am allerwenigsten ich selbst.

Sina

Er hat eine *Freundin*.

Eine *Freundin*.

Für den Rest des Tages läuft dieser Satz in meinem Kopf auf Dauerschleife. Damit meine Bestürzung nicht ganz so auffällt, schaltet mein Gehirn in den Verkäuferinnen-Modus: Ich lächele freundlich und höre interessiert zu. Oder tue zumindest so als ob. Zum Glück gibt es einiges zu tun, und so fällt mein Schweigen nicht weiter auf.

Für das Abendessen müssen die Schweinefilets gewürzt und mit Speck umwickelt werden, die Fächerkartoffeln geschnitten und der Feldsalat gewaschen und gerupft.

Auch der Nachtisch fällt heute etwas üppiger aus. Ich bereite Streuselteig zu, schichte die krümelige Masse zusammen mit Rhabarberstückchen in einer Auflaufform und schiebe diese kurz vor Beginn des Essens in den Backofen.

Da Alexander mit Michelle beschäftigt ist und alle anderen im Wohnzimmer über die jüngsten Ereignisse beraten, bin ich heute allein in der Küche. Aber das macht nichts. So kann ich wenigstens ungestört meinen Gedanken nachhängen.

Er hat eine *Freundin*.

Eine *Freundin*.

Und ich habe absolut nichts davon gewusst!

Wie konnte das passieren?

Er hat sie nie erwähnt, nicht einmal im Gespräch mit seinen besten Freunden. Das lässt nur zwei Schlüsse zu. Entweder ist das Ganze noch so frisch, dass er es erst einmal für sich behalten wollte. Oder diese Frau ist tatsächlich so schrecklich, wie sie sich aufführt. In diesem Fall hätte er allen Grund, sie zu verstecken.

Was unweigerlich zu meiner nächsten Frage führt: Warum gibt er sich dann überhaupt mit ihr ab? Was für Qualitäten hat sie, die ich nicht sehe? Mir fällt spontan nur eine ein …

Jetzt fühle ich mich gleich noch ein bisschen mieser.

Aber was habe ich denn erwartet?

Dass er als Mönch lebt?

Dazu ist er viel zu attraktiv und sympathisch.

Aber muss die Bestätigung meiner These ausgerechnet heute auf zwei besonders langen, wohlgeformten Beinen dahergestöckelt kommen und mir den Tag verderben?

Wenigstens begegnen auch die anderen Familienmitglieder Michelle beim Abendessen eher skeptisch, mit Ausnahme vielleicht von Jonathan. Der rückt bereitwillig zur Seite, damit Michelle sich zwischen ihn und Alexander setzen kann.

„Ich esse kein Fleisch“, ist das Erste, was sie sagt, als ich das Schweinefilet serviere. „Ich bin Veganerin.“

„Ach, immer dieses neumodische Zeug.“ Oma Trudi schüttelt den Kopf. „Früher hat das keinen Menschen interessiert.“

„Früher wusste man es nicht besser“, entgegnet Michelle und lächelt ein wenig überheblich.

Oma Trudi zuckt mit den Achseln. „Kann schon sein. Wir hatten wichtigere Probleme.“

„Vegan *ist* wichtig.“

„Natürlich“, wirft Kim versöhnlich ein. „Ab und zu ein veganer Tag ist sehr gesund.“

„Vegan ist *immer* gesund.“

„Das stimmt nicht“, widerspricht Tom. „Auf Dauer ist diese Ernährung schädlich.“

„Wie meinen Sie das?“ Mir fällt auf, dass Michelle beharrlich beim Siezen bleibt, obwohl ihr alle Familienmitglieder das Du angeboten haben.

„Nun, ich habe neulich erst wieder gelesen, dass es zu Eisenmangel und Blutarmut kommen kann, in schweren Fällen sogar zu Hirnschäden.“

„Mein Hirn ist sicherlich nicht geschädigt“, gibt Michelle unwirsch zurück. „Schließlich habe ich einen Masterabschluss in Wirtschaftswissenschaften.“

„Toll“, murmelt Nora.

Alle anderen am Tisch sagen gar nichts.

Überhaupt: Dies ist das schweigsamste Essen, das ich im Kreis der Familie Goldstein erlebt habe. Nicht einmal die Babys geben einen Mucks von sich. Sie schlummern friedlich in ihrem Kinderwagen, den Tom vor dem Kühlschrank geparkt hat.

„Sind die Fächerkartoffeln mit Fett übergossen?“ Zum ersten Mal seit ihrer Ankunft wendet sich Michelle direkt an mich.

Ich weiß nicht, was Alexander ihr erzählt hat, aber offensichtlich hat er sie besänftigen können. Ihre Miene ist nicht mehr ganz so feindselig wie am Nachmittag.

„Sie sind mit geschmolzener Butter bepinselt.“

„Schade! Dann kann ich sie nicht essen.“ Ihr Blick wandert weiter über den Tisch. „Der Feldsalat?“

„Müsste gehen. Im Dressing sind nur Zitrone, Olivenöl, Senf und ein paar Gewürze.“

„Senf?“, wiederholt sie gedehnt. „Etwa aus Weißweinessig? Dann könnte er Rückstände von tierischen Hilfsprodukten enthalten. Gelatine zum Beispiel.“

„Also, ich weiß nicht …“

„Bitte, Michelle!“, seufzt Alexander. „Nimm den Salat und iss endlich!“

Er sieht müde aus.

„Wenn du den Salat nicht willst, nehme ich ihn“, sagt Jörg. „Er ist köstlich.“

„Nein, nein. Schon gut.“ Michelle schaufelt sich eine große Portion Salat auf ihren Teller und beginnt zu essen.

Wieder schweigen alle.

„Hast du auch was vom Osterhasen bekommen?“, platzt Leonies Frage in die Stille hinein.

Michelle schüttelt den Kopf.

„Ich habe ganz viele Eier gefunden. Willst du, dass ich dir welche abgebe?“

„Ich sagte doch, ich bin vegan, Kleine. Was genau hast du daran nicht verstanden?“

„Sie weiß noch nicht, was das ist.“ Toms Antwort kommt ungewöhnlich scharf.

Michelle bemerkt seine Verstimmung nicht. „Außerdem glaube ich nicht mehr an den Osterhasen.“

„Warum nicht?“, erkundigt sich Leonie arglos. „Weil er dir nichts gebracht hat?“

„Vielleicht war sie unartig“, witzelt Jonathan. „Genauso wie ihr böser, böser Junge.“

Alexander verpasst seinem Bruder einen Boxhieb gegen die Schulter. „Du bist sowas von bescheuert!“

„Außerdem gibt es überhaupt keinen …“, ruft Michelle.

„Schluss jetzt!“ Renate schlägt mit der Faust auf den Tisch und blickt warnend in die Runde. „Sina hat sich solche Mühe mit dem Essen gemacht, also genießt es gefälligst auch und hört auf, euch zu streiten!“ An ihre Enkelin gewandt, fährt sie wesentlich freundlicher fort: „Der Osterhase bringt nur den Menschen etwas, die an ihn glauben. Der Rest geht leider leer aus.“

„Du Arme!“ Leonies Augen schwimmen vor Mitleid. Aber zum Glück kommt die Kleine nicht noch einmal auf die Idee, Michelle ein Ei anzubieten.

„Also … äh … Michelle, was machst du denn beruflich?“, piepst Kim, als es wieder unangenehm still am Tisch wird.

Michelle antwortet nicht sofort, sondern nimmt sich zuerst noch viel Zeit, ihren Salat zu kauen und hinunterzuschlucken. „Ich bin Immobilienmaklerin“, sagt sie dann.

„Wirklich?“, erkundigt sich Nora mit geheucheltem Interesse. „Braucht man für so etwas einen Masterabschluss?“

Michelle gibt sich völlig unbeeindruckt. „Wenn man bei der größten und besten Immobilienfirma landen will, dann schon.“

„Na dann, herzlichen Glückwunsch!“

„Persönlich halte ich ja nicht viel von Maklern“, meint Oma Trudi. „Das sind alles Verbrecher.“

„Aber Mutti, das kannst du doch so nicht sagen!“, schimpft Jörg.

„Schon gut!“ Souverän lächelt Michelle ihre Verärgerung weg. „Mit solchen Vorurteilen kämpfe ich täglich. Aber was weiß der normale Durchschnittsbürger schon von komplizierten Immobiliengeschäften?“

Darauf weiß niemand eine Antwort. Wahrscheinlich müssen alle erst einmal überlegen, ob das eine Beleidigung sein sollte oder nicht.

„Das Fleisch schmeckt ganz vorzüglich“, sagt Renate schließlich zu mir, als das Schweigen am Tisch erneut peinlich wird.

„Danke!“

„Ich bin selten kulinarisch so sehr verwöhnt worden“, bestätigt Nora und lächelt mir aufmunternd zu. „Die letzten Tage haben mir unheimlich gutgetan.“

„Du hast es mit deinen beiden Weibern echt gut getroffen, Alex“, grinst Jonathan. „Eine sieht super aus, und die andere kocht super. Für mich persönlich wäre diese Doppelnummer viel zu stressig, aber wenn es dir gefällt ...“

„Hey!“ Kim legt eine Hand auf Jonathans Arm und schüttelt den Kopf. „Hör auf!“

„Schon gut.“ Michelle reagiert erstaunlich gelassen. „Das muss ja irgendwann mal zur Sprache kommen. Aber ich bin sicher, es klärt sich schnell. Denn wenn *ich* kein Problem mit dieser ... äh ... Sina habe, dann sollten *Sie* das auch nicht. Alexander hat mir alles erzählt. Die beiden sind wirklich nur gute Freunde. Was daran ist so schwierig zu verstehen?“

Renate und Trudi sehen aus, als wüssten sie darauf gleich mehrere Antworten.

Doch ein warnender Blick von Jörg hält sie zurück.

„Liest du mir gleich wieder etwas vor, Sina?“, fragt Leonie, die vermutlich als Einzige am Tisch nichts von den diversen Spannungen mitbekommt

Ich schüttele den Kopf. „Heute nicht.“

„Ich übernehme das“, sagt Jörg. „Was magst du denn hören, Leonie?“

„Die *Häschenschule!*“, entgegnet sie, und kurz darauf entwickelt sich eine fröhliche Diskussion über die besten Ostergeschichten.

Nur Alexander beteiligt sich nicht, sondern starrt schweigend geradeaus. Auch Michelle sagt nichts. Sie hat ihr Besteck zur Seite gelegt und beobachtet stirnrunzelnd das lebhafte Treiben.

Jetzt erwachen auch noch Oskar und Paul mit lautem Geschrei und werden von einem Schoß auf den nächsten weitergereicht.

Tröstende Worte schwirren durch den Raum.

Kinderlieder.

Gelächter.

Das alles erinnert mich plötzlich an unseren ersten gemeinsamen Abend. Ist das wirklich erst drei Tage her?

Damals dachte ich, meine Reise in den Odenwald sei der Beginn eines wunderschönen Märchens.

Jetzt ist dieser Traum geplatzt.

Und es sitzt eine Prinzessin zu viel am Tisch.

Kapitel 15

Eierlikör und Erdnussflips

Alexander

„Deine Familie ist furchtbar anstrengend."

Als wir nach dem Abendessen in mein Zimmer kommen, streift Michelle sofort ihre Schuhe ab und versinkt mit einem theatralischen Seufzer in den Sofakissen. „Allein diese Babys! Brüllen die immer so laut? Dieses Geschrei ist besser als jedes Verhütungsmittel. Und dann die komische Freundin deines Bruders! Für ihre schrille Stimme gibt es sicherlich eine medizinische Lösung. Oder einen guten Logopäden."

Sie legt ihre Füße hoch und mustert mich abwartend.

Ich stehe immer noch an der Tür und weiß nicht so recht, wie ich reagieren soll. Natürlich hat sie mit jeder Aussage recht. Meine Familie *ist* anstrengend, das Babygeschrei laut und Kims Stimme kaum zu ertragen.

All das hat Michelle, wie üblich, sofort auf den Punkt gebracht. Eigentlich liebe ich ihre überspitzen Kommentare, und normalerweise würde ich auch sofort zustimmen.

Aber heute Abend ist nichts normal.

Denn ihre schonungslose Kritik trifft meine eigene Familie.

Und das mag ich nicht.

„Deine Mutter, deine Schwester und deine Oma hassen mich", fährt sie fort, als ich immer noch schweige. „Dein Vater spricht so gut wie gar nicht mit mir, und dein Bruder kann anscheinend nur alberne Bemerkungen machen. Am schlimmsten aber ist dein Schwager. Wie heißt er noch gleich? Der reagiert ja wohl total überzogen, wenn man seine kleine süße Prinzessin mal ein wenig zu hart anfasst."

„Es ist nicht sehr nett, einem Kind den Osterhasen auszureden."

„Ich wusste ja nicht, dass sie noch daran glaubt."

„Sie ist erst vier."

„Schon gut!" Abwehrend hebt sie die Hände und sieht für einen Moment verärgert aus. Doch dann fängt sie sich wieder und lächelt entschuldigend. „Ich werde es mir merken und mich in Zukunft zurückhalten."

„Äh ... was?"

Bedeutet das etwa, sie plant schon weitere Besuche?

„Ab sofort werde ich bei Familientreffen den Mund halten. Ich will keinen Stress."

Ich auch nicht. Ich fürchte nur, diese Unterhaltung läuft gerade genau darauf hinaus. „Du musst ja nicht mehr mitkommen."

„Ich *will* aber. Irgendwann wird es Zeit, da waren wir uns doch einig."

„Daran kann ich mich gar nicht erinnern."

„Ach, Alex, du und deine ewige Unentschlossenheit! Genau deshalb muss *ich* immer die Initiative ergreifen. Zum Glück habe ich jede Menge Geduld. Die werde ich allerdings auch brauchen, fürchte ich."

„Wie meinst du das?"

„Du kennt mich doch. Ich stehe nicht gerade auf Happy Family in der Provinz. Doch dir zuliebe werde ich es ertragen." Sie klopft auf den Platz neben sich. „Aber kommen wir doch jetzt mal zu was Erfreulicherem. Warum setzt du dich nicht zu mir?" Ihre Stimme klingt plötzlich ein paar Oktaven tiefer, einladend und verführerisch. „Lass uns Wiedersehen feiern!"

Unter normalen Umständen würde ich nichts lieber tun, als den Abend in ihren Armen ausklingen zu lassen. Unsere dumme Meinungsverschiedenheit wäre in spätestens fünf Minuten vergessen, und morgen früh würden wir uns wie zwei vernünftige Erwachsene auf einen Kompromiss einigen.

So läuft das immer bei uns.

Doch heute Abend lasse ich mich nicht so einfach einwickeln, meine Verärgerung ist zu groß. Also bleibe ich stehen, wo ich stehe.

Michelle kommentiert meine Weigerung mit einem Stirnrunzeln und beginnt dann betont gelassen damit, ihre Bluse aufzuknöpfen. Langsam kommt ein schwarzes, spitzenbesetztes Hemd zum Vorschein.

Aber auch das interessiert mich gerade gar nicht. „Wenn du dich umziehen willst, das Badezimmer ist draußen links."

Sie hält inne. „Das hast du mir schon heute Nachmittag erklärt."

„Ja, ich weiß."

Ich habe viel geredet heute Nachmittag.

Und ich habe immer noch leichte Gewissensbisse, weil Michelle mir bereitwillig geglaubt hat. Ich hätte mit viel mehr Skepsis gerechnet. Allerdings war ja kaum Zeit zum Durchatmen, dann mussten wir schon wieder zum Abendessen.

Diese zwei Stunden am Tisch waren mit Sicherheit die unangenehmsten meines Lebens. Dass Michelle sich nicht gut mit meiner Familie verstehen würde, hatte ich schon vorher geahnt. Und auch, dass diese Ablehnung auf Gegenseitigkeit beruhen würde. Vielleicht war das auch der Grund, warum ich sie bislang nie mitgenommen habe.

Was mich aber noch viel mehr gestört hat, war, wie herablassend Michelle Sina behandelt hat. Fast schon so, als wäre Sina nur eine Hilfskraft, die zufällig mit am Tisch sitzen darf.

Sina hat dieses arrogantes Gehabe schweigend ertragen. Sowieso hat sie sich kaum an einem Gespräch beteiligt. Sah traurig und erschöpft aus und hat sich gleich nach dem Dessert verabschiedet.

Was hat sie wohl?

Ob ich nicht mal lieber nach ihr sehen sollte?

„Alex?" Michelle sieht mich abwartend an.

Hat sie mich was gefragt? Mist, ich habe gar nicht zugehört!

„Alex?", sagt sie noch einmal und klopft wieder mit der Hand neben sich. Inzwischen sitzt sie ohne

Bluse da. „Warum machst du es dir nicht auch bequem?“

„Auf dem Sofa?“ Was für eine blöde Frage! Aber eine bessere Bemerkung fällt mir nicht ein, um meine ablehnende Antwort noch ein wenig hinauszuzögern.

Ich will es mir nicht zusammen mit ihr bequem machen.

Weder auf dem Sofa noch sonst wo.

Genau genommen wäre ich jetzt sowieso am liebsten allein. Ich ertrage Michelles Anwesenheit kaum. Das klingt hart, und mein schlechtes Gewissen lässt auch nicht lang auf sich warten.

Aber es ist, wie es ist.

Diese wunderschöne Frau im schwarzen Spitzenhemd, die sich gerade lasziv auf meinem Sofa räkelt, ist plötzlich eine Fremde für mich. Ihre spöttischen Bemerkungen haben mich tiefer getroffen, als ich es für möglich gehalten habe.

„Ich stehe nicht gerade auf Happy Family in der Provinz.“

Ein toller Job, coole Freunde, Luxus, Erfolg, Anerkennung – das sind Dinge, die viel wichtiger für sie sind.

Warum auch nicht?

Ich selbst weiß das ja auch zu schätzen.

Aber mir ist in den letzten Tagen klargeworden, dass ich mehr brauche als das. Ich habe noch ein anderes Leben, ein viel privateres. Angefüllt mit Menschen, die mir wichtig sind: meine Eltern, meine Oma, meine Schwester und der Rest der Familie.

Ja, von mir aus sogar mein blöder Bruder.

Michelle – so stellte ich jetzt fest – zählt nicht zu diesen Menschen.

Das ist nicht ihre Schuld, sondern ganz allein meine.

Ich habe mich verändert, nicht *sie*.

Und jetzt?

Ein Gesicht schiebt sich plötzlich vor alle anderen – eins mit fröhlichem Lächeln, rosigen Wangen und klaren grauen Augen. Sinas Gesicht …

„Alex? Was ist denn heute los mit dir?“ Michelle schüttelt den Kopf. „Du stehst seit etlichen Minuten auf der gleichen Stelle herum. Komm endlich her!“

„Ich kann nicht.“

„Warum nicht? Hast du Angst, uns könnte jemand hören? Ich verspreche dir, ich werde ganz leise sein.“

„Nein, das ist es nicht. Ich … ich glaube, ich möchte … allein sein.“

„Was?“

„Warte nicht auf mich!“

„Aber du kannst doch nicht …“

Ohne ein weiteres Wort verlasse ich mein Zimmer.

Natürlich fällt mein Blick draußen sofort auf Sinas verschlossene Tür. Ihre Stimme dringt bis in den Flur hinaus, anscheinend telefoniert sie. Leider kann ich nicht verstehen, was sie sagt.

„Alex?“, ruft Michelle mir nach, mehr erstaunt als verärgert.

Ich mache zwei Schritte vor, dann einen zurück.

Und das ganze gleich noch einmal.

Höre immer noch Sinas Stimme und Michelles erneuten Ruf.

„Alex!"

So hin- und hergerissen kann ich keinen klaren Gedanken fassen.

Dabei bin ich genau jetzt an einem alles entscheidenden Punkt angelangt, das spüre ich.

Was soll ich tun?

Hier im Treppenhaus kann ich nicht stehen bleiben. Zurück zu Michelle möchte ich nicht. Und Sina will ich jetzt auch nicht mehr stören.

Alle anderen Räume sind belegt.

Da bleibt wohl nur noch das Wohnzimmer!

Sina

„Ich sag's ja ungern, aber ich sage es trotzdem: Ich habe dich gewarnt!" Ellies Mitleid am Telefon hält sich in Grenzen.

„Jaja, schon gut."

„Du bist selbst schuld an dieser verfahrenen Situation. Wärst du hiergeblieben, wäre das alles gar nicht passiert."

Missmutig kuschele ich mich noch tiefer in meine Bettdecke und reiße eine Tüte mit Erdnussflips auf. Eigentlich habe ich gar keinen Hunger, ich musste mich schon beim Abendessen zu jedem Bissen zwingen. Aber das Knabbern beruhigt meine Nerven, und der salzige Geschmack vertreibt das Gefühl von Bitterkeit, das ich seit meinem ersten Zusammentreffen mit Michelle empfinde.

„Alexander hat also eine Freundin“, fasst Ellie noch einmal die wichtigste Nachricht des Tages zusammen. „Und du hast echt keine Ahnung gehabt?“

„Nein. Wie denn auch? Er hat sie nie erwähnt. Nicht einmal seine Verwandtschaft wusste Bescheid.“

„Und wie haben sie reagiert?“

„Zurückhaltend.“

„Kein Wunder, so schrecklich, wie du sie geschildert hast. Die mögen dich bestimmt tausend Mal lieber.“ Ellie lacht.

„Was nutzt mir das? Der Einzige, auf den es ankommt, ist Alexander. Und der ist vorhin ziemlich schnell mit Michelle in seinem Zimmer verschwunden.“

Ich will mir lieber nicht ausmalen, was dort gerade passiert. Frustriert schiebe ich mir eine ganze Handvoll Erdnussflips in den Mund.

„Du Arme! Soll ich dich holen kommen? Wenn ich jetzt losfahre, bin ich in einer Stunde da.“

„Nein.“ Hastig schlucke ich die Flips hinunter. „Heute nicht mehr.“

„Aber ich will nicht, dass du morgen mit ihm nach Hause fährst.“

„Darauf habe ich auch keine Lust. Am liebsten möchte ich ihn nie wiedersehen.“

„Dann sag ihm das!“

„Ich weiß nicht, ob ich das übers Herz bringe ...“

„So viel falsche Rücksichtnahme ist ja nicht zu fassen!“, stöhnt Ellie. „Je eher du von ihm loskommst, desto besser.“

„Ich werde Kim bitten, mich morgen früh zum nächsten Bahnhof zu bringen."

„Nein, kommt nicht infrage. Ich hole dich. Wann soll ich da sein?"

Gerührt lasse ich die Tüte mit den Erdnussflips sinken.

Auf Ellie war schon immer Verlass. Vor allem in der ersten Zeit nach dem plötzlichen Unfalltod meiner Eltern war sie rund um die Uhr für mich da. Sie war damals die einzige Angestellte, die ich nicht entlassen habe, obwohl es um meine Finanzen nicht gerade rosig bestellt war.

Heute ist sie aus meinem Leben gar nicht mehr wegzudenken.

„Ich muss erst noch Frühstück machen."

„Du musst gar nichts."

„Ich möchte aber meinen Vertrag erfüllen."

„Ach, Sina!", stöhnt Ellie. „Dieser Vertrag ist eine Lüge. Du kannst dich doch nicht für etwas verantwortlich fühlen, das nur in deiner Fantasie existiert."

„Doch, das kann ich. Außerdem war das Kochen real."

„Dann lass dich auch real bezahlen!"

„Mal sehen", murmele ich und greife erneut in die Tüte. Dieses Mal jedoch bin ich schlauer und stopfe mir die Flips einzeln in den Mund.

„Geschäft ist Geschäft. Wenn du das Geld in der Hand hast, wirst du hoffentlich mit dieser Sache abschließen. Und Alexander kann von mir aus mit seiner tollen Freundin glücklich werden."

„Besonders glücklich sieht er eigentlich nicht aus.“

„Kein Wunder! Mir wäre an seiner Stelle auch nicht nach Lachen und Scherzen zumute. Ich möchte nicht wissen, was er sich gerade anhören muss.“

„Wahrscheinlich sind sie längst beim Versöhnungssex.“ Missmutig starre ich die Wand an, die an Alexanders Zimmer grenzt, und lausche in die Stille.

Nein, alles ruhig.

„Was er mit ihr tut, geht dich nichts an“, meint Ellie.

„Du bist ganz schön hart zu mir.“

„Ich bin deine beste Freundin, ich darf das. Ich *muss* das sogar.“

Aus dem ersten Stock sind leise Stimmen zu hören. Ein Baby wimmert. „Was wird seine Familie sagen, wenn ich einfach so verschwinde?“

„Auch das ist nicht dein Problem.“

„Doch, das ist es. Sie waren so lieb zu mir.“

„Wenn sie die Wahrheit erfahren, ist es mit dieser Liebe ganz schnell vorbei.“

„Das glaube ich nicht.“ Ich will es nicht glauben. Dazu habe ich sie alle inzwischen viel zu gern.

„Und wenn schon? Du wirst sie sowieso nicht noch einmal treffen.“

Auch damit hat Ellie recht.

Morgen endet mein kleiner Abstecher ins Familienleben der Goldsteins. Dass sie mich noch einmal einladen werden, ist zweifelhaft. Und selbst wenn – Michelle hätte bestimmt etwas dagegen.

Ich werde sie wohl tatsächlich niemals wiedersehen.

Diese Erkenntnis tut weh.

Verdammt weh!

„Sina? Bist du noch da?“

„Jaja, schon gut.“ Mit meinen salzigen, fettigen Fingern wische ich die Tränen fort.

„Heulst du etwa?“, fragt Ellie alarmiert.

„Nein“, behaupte ich, obwohl ich weiß, dass sie mir nicht glauben wird.

Prompt folgt die nächste Strafpredigt. „Das reicht jetzt! Du bleibst auf keinen Fall länger als nötig dort. Ich komme morgen früh gegen sieben Uhr vorbei und hole dich ab, egal ob du Frühstück gemacht hast oder nicht. Gib mir mal die Adresse!“

Alexander

„Alex!“ Nora hebt verwundert den Kopf, als ich ins Wohnzimmer komme. „Was machst du denn hier?“

Auch ich bin überrascht, meine Schwester zu sehen.

Sie liegt auf dem Sofa. Einer ihrer Jungs ruht auf ihrem Bauch und nuckelt mit offenen Augen zufrieden an seinem Schnuller. Beide, Nora und das Baby, sind in eine flauschige Decke gehüllt. Hinten in der Ecke, neben der Truhe, brennt eine kleine Stehlampe. Ansonsten ist es dunkel im Raum.

„Hat dich deine studierte Veganerin rausgeschmissen?“, will Nora wissen.

„Du bist nicht sehr nett zu ihr.“ Ich lasse mich in einen Sessel fallen und strecke meine Füße aus.

„Wenn du mich so fragst: Ich mag sie nicht."

„Was du nicht sagst!"

Der Sessel ist sehr bequem, und im Zimmer ist es angenehm warm und still. Langsam entspanne ich mich, zum ersten Mal seit Michelles Ankunft. Wahrscheinlich beruhigt mich auch der friedliche Anblick meiner Schwester mit ihrem Baby.

„Warum sitzt du mit Paul hier unten?"

„Das ist Oskar." Fürsorglich zieht sie die Decke noch ein Stück höher und streicht dem Kleinen liebevoll über den Kopf. „Er konnte nicht einschlafen, also bin ich mit ihm runtergegangen, um die anderen nicht aufzuwecken."

„Wie lange wird er jetzt wach sein?"

„Keine Ahnung. Alles ist möglich zwischen zehn Minuten und vier Stunden."

„Ganz schön stressig, oder?"

„O ja! Es gibt Tage, da kann ich vor Erschöpfung nicht mehr klar denken. Aber dann wieder …" Sie drückt Oskar einen zarten Kuss auf seine flaumigen Haare. „Dann lächeln sie mich an, und schon ist alles wieder gut."

„Ich wollte, meine Welt wäre auch so einfach", seufze ich.

Eigentlich hatte ich gar nicht vor, meiner Schwester mein Herz auszuschütten. Aber diese schläfrige, heimelige Stimmung im Haus hat irgendetwas an sich, das mich zum Reden bringt.

Nora runzelt die Stirn. „Meinst du die komische Geschichte zwischen Michelle, Sina und dir?"

„Was denn sonst?"

„Also ist da doch mehr dran, als du behauptet hast.“

„Ja. Leider. Viel mehr.“

„Ich habe sowieso kein Wort von dem geglaubt, was du uns erzählt hast.“

„Ich auch nicht“, kommt Jonathans Stimme von der Tür.

Was will der denn hier?

„Verschwinde!“

„Nö.“ Nur mit Boxershorts bekleidet marschiert mein Bruder ins Wohnzimmer und wickelt sich in eine der Wolldecken, die in einem großen Korb neben dem Sofa liegen.

„Was tust du hier?“, frage ich, als er Anstalten macht, sich neben Nora aufs Sofa zu setzen – wobei er rücksichtsvoll genug ist, ganz ans Fußende zu rutschen, damit sie genug Platz für sich und das Baby hat.

„Darf ein Bruder nicht mal Sehnsucht nach seinen Geschwistern haben?“, entgegnet er gutgelaunt. „Ich wollte mir ein Glas Mineralwasser holen und habe eure Stimmen gehört. Also bin ich nachgucken gegangen. Gerade im richtigen Moment, wie mir scheint. Denn falls das hier eine tiefsinnige Unterhaltung über Alexanders Liebesleben wird, darf ich nicht fehlen.“

„Das kannst du vergessen. Ich werde bestimmt nicht mit dir diskutieren.“

„Warum nicht?“, fragt Nora zu meiner Überraschung. Normalerweise ist sie immer auf meiner Seite. „Er kann dir doch zumindest seine Sicht der Dinge erklären.“

„Die will ich gar nicht hören."

„Immerhin hat er schon einige Erfahrung auf diesem Gebiet."

„Ach ja? Was genau qualifiziert diese Niete denn zum Experten?"

„Na ja … im Gegensatz zu dir scheint Jonathan seine große Liebe bereits gefunden zu haben."

„Das kann man so sagen", bestätigt mein Bruder und lächelt – weder überheblich noch anzüglich, sondern einfach nur zufrieden. Ich muss zweimal hinschauen, um es zu glauben. So ruhig und ausgeglichen habe ich ihn selten erlebt.

Meint er das ernst?

„Kim ist ein tolles Mädchen", murmelt er, immer noch mit einem glücklichen Strahlen im Gesicht.

„Ich mag sie sehr gern", sagt Nora. „Vermassele das bloß nicht!"

„Keine Angst!" Endlich verschwindet Jonathans seliges Lächeln.

Gott sei Dank!

Das wurde ja schon unheimlich.

„Aber genug von mir", fährt er fort. „Reden wir lieber über Alex und sein Doppelleben."

„Ich habe kein Doppelleben."

„Für mich sah das aber ganz so aus", wirft Nora ein.

„Es ist … irgendwie … alles ein bisschen … komplizierter."

„Solche Aussagen liebe ich!", schwärmt Jonathan. „Das ist mit Sicherheit der Beginn einer tollen Geschichte." Er springt auf, läuft zur Truhe und betrachtet die Flaschen. Nach kurzer Überlegung entscheidet er sich für Eierlikör. „Was haltet ihr davon: Wir trinken was, und hören uns dabei an, was Alex zu erzählen hat?“

Er wartet unsere Antwort gar nicht ab, sondern schenkt drei Gläser ein und setzt sich zurück auf Sofa.

Nora seufzt zufrieden und rutscht vorsichtig ein Stück tiefer. Sie legt ihre Füße in Jonathans Schoß. Erwartungsvoll sehen mich beide an. Sogar Oskar, der immer noch friedlich auf Noras Bauch liegt und an seinem Schnuller nuckelt, hat seine großen blauen Babyaugen auf mich gerichtet.

Vor so viel familiärem Interesse muss ich kapitulieren.

Was spricht dagegen, ihnen alles zu beichten? Wir haben miteinander schon viel peinlichere Dinge erlebt. Klar, sie werden sich über mich lustig machen. Aber sie werden mir auch zuhören und mir dann ihre ehrliche Meinung sagen.

Also beginne ich – zum zweiten Mal an diesem Tag – mit einem Geständnis. Dieses Mal jedoch bleibe ich bei der Wahrheit.

Es wird ein sehr langes Gespräch.

Immer wieder unterbrechen mich Jonathan und Nora, um Fragen zu stellen oder etwas zu kommentieren. Weitere Pausen kommen hinzu, wenn wir Eierlikör trinken. Als ich fertig mit Erzählen bin, ist das Baby eingeschlafen, die Flasche leer und meine Wahrnehmung schon ziemlich getrübt.

„Dass Sina eine Schwäche für dich hat, habe ich schon am ersten Abend bemerkt.“ Nora hat – im Gegensatz zu uns Jungs – nur am Eierlikör genippt, deshalb klingt ihre Stimme immer noch klar und fest.

„Dann warssu aufmerksamer als ich“, murmele ich.

„Bissu sauer wegen ihrer Schwinnelei?“, fragt Jonathan. Er ist genauso betrunken wie ich.

„Nö. Im Gegenteil, ich ...“

„Ja?“

„Ach, is sch-schon gut.“

„Ich versteh dein Problem nich, Alter.“ Jonathan schüttelt den Kopf. „Du hast doch alles, wassu willst: Michelle verzeiht dir, und Sina will dein Kumpel bleiben.“

„Das hat sie gesagt, bevor sie Misch ... Mischl kannte.“

„Wenn Sina nix mehr vonnir will, kannes ihr doch egal sein, mit wem du es treibst.“

„Es ist ihr aber nicht egal“, wirft Nora ein. „Ich habe sie beim Abendessen beobachtet.

„Is dir das auch aufgefallen?“, frage ich.

„Das ist sogar Leonie aufgefallen. Sie hat sich beim Zubettgehen erkundigt, warum Sina so traurig war.“

„Scheiße!“ Trotz meines alkoholisierten Zustandes verspüre ich plötzlich das starke Bedürfnis, Sina zu trösten.

Am liebsten jetzt sofort.

Ich möchte zu ihr laufen, sie in meine Arme schließen und küssen.

„Eins mussu mir jetzt ma erklären“, nuschelt Jonathan in meine verdrehten Gedanken hinein. „Wennu doch mit Michelle zusammen sein willst, warum machsu dir dann so viele Gedanken um Sina?“

„Ich will doch ganich mehr mit Misch ... Mischl zusammen sein!“ Ich verschlucke mich fast an meinen eigenen Worten, doch sie müssen unbedingt heraus. „Ich will Sina! Ich glaub, ich hab ... hab ... mich in sie verliebt.“

„Was?“, rufen meine Geschwister gleichzeitig.

Der plötzliche Lärm weckt Oskar auf, der vor Schreck seinen Schnuller verliert und bitterlich zu weinen beginnt. Aber Nora kann ihn schnell beruhigen, und einen Moment später ist auch schon wieder Ruhe eingekehrt.

„Was?“, wiederholt Nora leise.

„Ich will Sina.“ Einmal ausgesprochen, erscheint mir dieser Wunsch als die logischste Sache der Welt. Eine, die keinen Aufschub mehr duldet. „Unnich werde jetzt zu ihr gehen unnes ihr sagen.“

„Nein, das wirst du nicht! Jonathan, halt ihn fest!“

Unter normalen Umständen hätte mein kleiner Bruder keine Chance gegen mich. Da wir aber beide betrunken sind, taumeln wir nur ein paar Sekunden lang unlustig auf der Stelle herum und lassen uns dann zurück auf Sessel und Sofa fallen.

„Wie stellst du dir das denn vor, Alex?“, schimpft Nora. „Du bist erstens nicht mehr nüchtern, und zweitens wartet Michelle in deinem Zimmer auf dich. Du musst zuerst die Sache mit ihr klären, bevor du mit Sina reden kannst.“

„Ja, Mann!“, bestätigt Jonathan und gähnt herzhaft. „Eins nachm anneren.“

„Michelle hat eine Aussprache verdient, meinst du nicht?“, fährt Nora fort, ohne auf ihn zu achten. „Sie muss die *richtige* Wahrheit kennen.“

„Das wird ihr nich gefallen.“

„Das befürchte ich auch. Trotzdem, da musst du durch.“

„Jetz sofort? Ich will heute nich mehr zu Mischl!“

„Dann bleibst du eben hier unten und schläfst erst einmal deinen Rausch aus“, meint Nora. „Das ist vielleicht auch besser so. Trennungsgespräche sollte man nüchtern führen.“

„Hier is kein Platz!“

„Du kannst das Sofa haben. Ich gehe jetzt.“ Nora schlägt die Decke zurück und erhebt sich vorsichtig. „Mein kleiner Mann und ich müssen dringend ins Bett.“

„Kannsu den da auch mitnehmen?“ Ich deute auf Jonathan, der soeben friedlich eingeschlummert ist und laut vor sich hinschnarcht.

„Ich sage Kim Bescheid, sie soll ihn holen.“

Nora bleibt vor mir stehen, stellt sich auf Zehenspitzen und drückt mir einen Kuss auf die Wange. „Schlaf gut, Bruderherz!“, flüstert sie. „Du wirst sehen, morgen wird alles gut.“

Kapitel 16

Katerfrühstück

Sina

Für den Ostermontag hatten Alexander und ich ein kaltes Frühstück eingeplant. Das kommt mir jetzt, am Montagmorgen, sehr entgegen. Denn ich werde alles anrichten können und trotzdem noch vor dem Frühstück verschwunden sein. Ellie ist immer superpünktlich, sie wird genau um sieben Uhr vor der Tür stehen.

Ich schleiche deshalb schon gegen halb sechs in die Küche und beginne leise mit den Vorbereitungen. Wurst- und Käsespieße müssen gesteckt, die Brötchen aufgebacken, die Ostereier gefüllt, der Erdbeerquark angerührt und die Reste vom Kuchen aufgeschnitten werden. Danach decke ich den Tisch, setze Teewasser auf und starte die Kaffeemaschine. Dann lasse ich meinen Blick noch einmal prüfend über die festlich geschmückte Tafel wandern.

Alles fertig!

Ein weiterer Blick, dieses Mal auf die Küchenuhr, sagt mir, dass ich noch ein wenig Zeit habe. Also gönne ich mir eine Tasse Kaffee, öffne die Gartentür und setze mich auf die Holzbank im Vorgarten.

Heute früh ist es wärmer als an den vergangenen Morgen. Die ersten Sonnenstrahlen wagen sich durch die Baumwipfel und werfen lange Schatten auf den Boden. Natürlich begrüßen wieder Hunderte von Vögeln die Sonne mit lautem Gezwitscher. Die Wiese glänzt noch nass vom Tau, was ein paar vorwitzige Kaninchen aber nicht davon abhält, wilde Verfolgungsjagden zu starten. Und drüben am Weiher quaken die Frösche.

Es ist herrlich hier draußen!

Auch wenn die meisten Erinnerungen an den Odenwald noch sehr lange sehr wehtun werden – an diese kostbaren Momente am frühen Morgen werde ich immer gerne zurückdenken.

„Hi!", sagt Alexander.

Ich habe ihn gar nicht kommen hören und fahre erst einmal zusammen, als er plötzlich hinter mir steht. Den nächsten Schreck bekomme ich, als ich ihn mir genauer betrachte.

Er sieht fürchterlich aus.

Seine Augen sind klein und blutunterlaufen, seine Gesichtsfarbe grau, sein Haar klebt am Kopf fest und seine Kleidung ist verrutscht und zerknittert. Das schlimmste aber ist sein Geruch – so als hätte er die Nacht durchgesoffen.

Was er wahrscheinlich auch getan hat.

Denn jetzt setzt er sich laut stöhnend neben mich und presst die Hand an seine Stirn. „Aua!", wimmert er. „Scheiß Alkohol!"

„Was ist denn mit dir passiert?"

„Das sieht man doch. Zu viel Eierlikör. Ich hasse Jonathan!"

„Jonathan?“

„Der hatte die Idee mit dem Besäufnis. Und Nora hat uns nicht aufgehalten.“

„Nora war auch dabei?“ Vor lauter Überraschung komme ich gar nicht dazu, mich in Alexanders Gegenwart komisch zu fühlen.

„Irgendwie ist das Ganze ausgeartet.“ Er schließt die Augen und stöhnt. „Du hast nicht zufällig ein wirksames Rezept gegen einen Mega-Kater?“

„Doch. Koffein, Wasser und Salz.“

Angeekelt verzieht er das Gesicht. „Klingt nicht sehr lecker.“

„Du sollst es ja auch nicht alles auf einmal nehmen, sondern schön hintereinander.“ Ich erhebe mich. „Warte hier!“

Eine überflüssige Bitte.

Er sieht nämlich nicht so aus, als ob er weglaufen könnte.

Ich besorge ihm einen Kaffee und eine Flasche Mineralwasser. Dann holte ich auch noch die Tüte Erdnussflips aus dem Schrank, die ich gestern nicht mehr ganz aufgegessen habe, und setze mich wieder zu ihm.

Immer noch fühlt sich alles an wie immer.

So normal und vertraut.

Ist vielleicht auch besser so.

Natürlich ist es mir klar, dass der Schmerz irgendwann wiederkommen wird. Aber für den Moment genieße ich es, Alexander noch einmal ganz für mich allein zu haben. Auch, wenn er völlig verkatert ist und deshalb vermutlich so gut wie nichts davon mitbekommt.

„Als Erstes das Wasser“, sage ich.

Gehorsam trinkt er die kleine Flasche leer. Zögernd zuerst, dann aber immer gieriger.

„Jetzt was Salziges.“ Ich halte ihm die Tüte unter die Nase. Er wendet sich ab, greift dann aber doch zu und stopft sich ein paar Flips in den Mund.

„Kauen! Runterschlucken!“, kommentiere ich jede seiner unbeholfenen Bewegungen. „Sehr schön! Und zum Schluss der Kaffee.“

Mit einem dankbaren Lächeln, das ziemlich schief ausfällt, nimmt er mir die Tasse ab.

Eine Weile bleibt es still zwischen uns.

„Darf ich fragen, warum du so viel getrunken hast?“, erkundige ich mich vorsichtig.

„Nein“, kommt es sofort zurück. „Das erzähle ich dir erst, wenn es mir wieder bessergeht.“

Ich verzichte darauf, ihm zu sagen, dass ich dann nicht mehr hier sein werde. Mit ein bisschen Glück wird er sich gleich ins Bett verabschieden und gar nicht mitbekommen, dass ich abreise. Das wäre mir ganz recht so, denn ich hasse Abschiede.

Verstohlen schiele ich auf meine Armbanduhr. Schon kurz vor sieben. Ellie kann jeden Moment hier sein.

„Willst du dich nicht ein wenig hinlegen?“, frage ich.

„Ich gehe nicht zurück aufs Sofa.“ Energisch schüttelt er den Kopf und greift sich gleich darauf an die Stirn. „Autsch!“

„Sofa?“

„Wo dachtest du denn, dass ich geschlafen habe?“

Er war nicht in seinem Zimmer? „Etwa die ganze Nacht?“

„Natürlich.“

„Hm.“

Michelle muss ihn rausgeworfen haben. Die Frau hat Klasse, das muss ich neidlos anerkennen. Also ist wohl doch noch nicht alles wieder so gut, wie sie es uns gestern Abend am Tisch weismachen wollte.

„Verdammt!“, flucht Alexander neben mir. „Mein Kopf tut so weh, dass ich nicht richtig denken kann.“

„Ich sage doch, du musst dich dringend hinlegen.“

„In welches Bett denn?“

Er könnte meins haben, wenn ich nicht schon das Bettzeug abgezogen und zusammengelegt hätte. Auch meine Taschen sind schon gepackt und die wenigen übrig gebliebenen Speisen und Vorräte zusammengeräumt. Ich werde gehen, ohne viele Spuren zu hinterlassen …

„Du siehst immer noch traurig aus.“ Alexander wirft mir einen gequälten Blick zu. „Und ausgerechnet heute Morgen bin ich nicht in der Lage, dich zu trösten, weil ich Blödmann mich ja gestern sinnlos betrinken musste!“

„Ist schon okay“, beruhige ich ihn.

Ich will nicht, dass er sich so viele Gedanken um mich macht. Das habe ich gar nicht verdient. Ellie hatte recht: Im Grunde ist das, was passiert ist, ganz allein meine Schuld. Ich habe uns alle – einschließlich Michelle – durch meine dumme Aktion in diese unangenehme Lage hineinmanövriert. Es wird Zeit, dass ich das wieder in Ordnung bringe!

„Nichts ist okay“, widerspricht er mir. „Aber ich kriege das wieder hin.“

„Natürlich wirst du das.“

Ohne mich ...

„Als Erstes muss ich mit Michelle reden. Je eher, desto besser.“

„Ich dachte, das hättest du längst.“

„Habe ich auch. Ein bisschen zumindest.“ Vorsichtig nippt er am Kaffee und atmet dann einmal kräftig durch. „Leider habe ich ihr dabei jede Menge verschwiegen.“

„Worauf wartest du dann noch?“

„Kann es sein, dass du mich loswerden willst?“

„Nein“, behaupte ich und weiß gerade selbst nicht, ob meine Antwort gelogen ist oder nicht.

Natürlich würde ich mich am liebsten heimlich aus dem Staub machen. Deshalb würde es mir durchaus in den Kram passen, wenn er sich möglichst bald verabschiedet.

Aber wenn er jetzt aufsteht und geht, dann geht er zu *ihr*.

Für immer.

Und diesen Gedanken ertrage ich kaum.

„Ich werde Michelle alles sagen“, murmelt Alexander.

„Ja, das solltest du.“

„Und danach wird hoffentlich auch alles gut.“ Es klingt so, als müsse er sich selbst Mut zusprechen.

„Natürlich wird es das“, entgegne ich leise.

Gut für ihn.

Gut für Michelle.

Aber was ist mit mir?

Alexander stellt seine Tasse auf die Sitzfläche zwischen uns und mustert mich von der Seite. „Wir zwei haben auch noch einiges zu klären."

„Wenn es dir um das Geld geht, das kannst du gern behalten."

„Wie bitte?"

„Das Geld fürs Kochen. Ich will es nicht."

„Oh. Äh ... das."

„Oder ist sonst noch was?"

„Für den Moment nicht." Ächzend erhebt er sich und legt seine Hand auf die Rückenlehne der Bank. „Hör zu! Ich gehe jetzt zu Michelle. Danach werde ich so lange duschen, bis ich mich besser fühle. Und dann komme ich zurück und wir beide unterhalten uns ganz in Ruhe."

Auf dieses Gespräch kann ich gut und gerne verzichten. Ich weiß auch so, dass er mir seine Freundschaft aufkündigen wird. Michelle wird mich niemals in ihrer Nähe dulden.

„Klar", sage ich trotzdem. Bis er fertig mit Duschen ist, bin ich längst über alle Berge.

Alexander sieht aus, als wolle er noch etwas sagen. Hat er bemerkt, dass ich nicht aufrichtig zu ihm bin?

Doch dann greift er sich nur wieder an seine schmerzende Stirn und bringt ein undeutliches „Bis später!" hervor.

„Bis später!", antworte ich und schaue ihm nach, bis er im Haus verschwunden ist. Lausche seinen Schritten, nehme seine Tasse in beide Hände und drücke sie an meine Brust.

Der Trennungsschmerz kommt plötzlich, aber mit voller Wucht.

Bohrt sich in mein Herz.

„Bleib!“, würde ich am liebsten schreien, doch mein Mund bleibt stumm.

Denn auf einmal begreife ich, was man sich über wahre Liebe erzählt. Sie ist niemals egoistisch, sondern immer selbstlos. Man liebt erst dann aufrichtig, wenn man bereit ist, den geliebten Menschen gehen zu lassen ...

Alexander

Ich lasse Sina ungern allein, aber ich habe keine andere Wahl.

Denn erstens fühle ich mich immer noch hundsmiserabel und viel zu verkatert für ein romantisches Liebesgeständnis. Und zweitens will ich zuerst die Sache mit Michelle regeln. Sie hat ein Recht auf Ehrlichkeit. Auch wenn wir nicht lange zusammen waren, bin ich ihr das schuldig.

Aber bevor ich zu ihr gehe, mache ich noch einen Abstecher ins Badezimmer. Zum Glück finde ich die Packung mit den Kopfschmerztabletten, die ich für Sina am Samstagabend bei meiner Mutter ausgeliehen hatte, sofort. Ich nehme zwei Tabletten und spüle sie mit viel Wasser hinunter. Danach putze ich mir die Zähne, wasche mein Gesicht und kämme mir die Haare.

Schon besser.

Nur gegen die zerknitterte Kleidung kann ich nichts tun, meine frische Wäsche ist in meinem

Zimmer. Und da sitzt auch Michelle und wartet auf mich. Höchstwahrscheinlich total wütend und verärgert. Aber es hilft nichts, da muss ich jetzt wohl durch!

Also klopfe ich wenig später an meine eigene Zimmertür.

Michelles „Komm rein!" klingt alles andere als überrascht. Anscheinend hat sie schon auf mich gewartet.

„Oh! Alexander", begrüßt sie mich spöttisch. „Welche Ehre!"

Sie liegt noch im Bett und hat das schwarze Spitzenhemd von gestern Abend gegen ein weißes Negligé getauscht, das noch viel weniger verbirgt.

Ich reiche ihr ihre Strickjacke. „Hier! Zieh dir das bitte über!"

„Warum sollte ich? Ich fühle mich sehr wohl so, wie ich bin."

„Ich würde aber lieber mit dir reden, wenn du etwas anhast."

„Du willst reden?" Achtlos wirft sie die Strickjacke zur Seite und erhebt sich. „Das trifft sich gut. Ich habe nämlich ein paar dringende Fragen an dich."

Langsam kommt sie auf mich zu.

Trotz des verspielten Negligés wirkt ihr Auftreten selbstbewusst, fast schon bedrohlich. Ich würde gern ein wenig zurückweichen, aber das würde feige wirken. Also bleibe ich, wo ich bin, und nehme meinen ganzen Mut zusammen. Doch noch bevor ich etwas sagen kann, werden ihre Augen schmal.

„Wo. Bist. Du. Gewesen?“, will sie wissen und lässt jedes einzelne Wort wie einen heftigen Vorwurf klingen.

„Äh ...“

Eigentlich hatte ich vor, in Ruhe ein umfassendes Geständnis abzulegen. Jetzt aber wird mir schlagartig klar, wie naiv mein Plan war. Michelle wird mir niemals so lange zuhören, dazu ist sie viel zu aufgebracht.

Auch gut.

Dann wird das hier eben ein Frage- und Antwortspiel.

Und *sie* bestimmt die Regeln.

„Wo ich war? Ich habe im Wohnzimmer übernachtet.“

„Warum?“

„Ich wollte allein sein.“

„Stimmt, das hast du gestern Abend schon erzählt. Und? Hat es etwas gebracht?“

„Nicht so richtig. Nora und Jonathan waren bei mir. Das Ganze ist ... äh ... ein wenig ausgeartet.“

„Das sieht man.“ Ihr Blick wandert über meine Kleidung. „Du hast in deinen Klamotten geschlafen.“

„Ja, das habe ich.“

„Und getrunken hast du auch.“

Ich nicke.

„Was für eine hirnlose Aktion!“

„So blöd war das gar nicht“, widerspreche ich. „Immerhin ...“

„Hättest du nicht auch hier oben nachdenken können?“, unterbricht sie mich erbost. „Was soll denn deine Familie von uns denken? Ich überrasche dich mit einem Besuch, und du hast nichts Besseres zu tun, als dich mit deinen Geschwistern zu besaufen?“

„Das war gar nicht geplant, das hat sich einfach so ergeben.“

„Danach hättest du trotzdem zu mir zurückkommen können!“

„Nein, das hätte ich nicht.“

„Warum nicht?“, schnauzt sie mich an.

„Weil ich ... nicht wollte.“

„Du *wolltest* nicht? Also echt, du stellst dich an wie ein bockiges Kleinkind!“

Hat sie wirklich keine Ahnung, oder will sie es nur nicht wahrhaben? Egal, was es ist – ich sollte jetzt reinen Tisch machen. Ihr zuliebe. Und auch mir zuliebe. Es bringt ja nichts, wenn wir weiter um den heißen Brei herumreden.

„Das mit uns beiden“, beginne ich zögernd und nehme dann meinen ganzen Mut zusammen. „Ich will das nicht mehr.“

„Wie bitte?“

„Es ist aus.“

Ich kann förmlich zusehen, wie diese drei Worte langsam in Michelles Verstand ankommen. Zuerst wirkt sie überrascht. Dann betroffen. Schließlich jedoch gewinnt ihr Zorn die Oberhand.

„Und das sagst du mir ausgerechnet hier und jetzt?“, zischt sie mit hasserfüllter Stimme. „Wo ich mir extra die Mühe gemacht habe, herzukommen?“

„Ich habe dich nicht darum gebeten.“

„Bist du deshalb so beleidigt?“

„Nein. Ich bin nicht beleidigt. Und dein Besuch hat auch gar nichts damit zu tun."

„Was ist es dann? Oh, warte! Ich weiß es: Es hat etwas mit diesem blonden Dummchen zu tun!"

Ich ignoriere ihre Beleidigung. „Du hast recht. Es hat tatsächlich etwas mit Sina zu tun."

„Was?", brüllt sie – so laut, dass es vermutlich jeder im Haus hören kann. Aber das ist jetzt auch schon egal.

„Ich habe mich in sie verliebt."

Gestern Abend war es noch ungewohnt, diese Wahrheit laut auszusprechen. Heute Morgen aber kommen die Worte schon viel leichter über meine Lippen.

„In diese einfache Bäckerin?"

„Nenn sie, wie du willst! Das ändert aber nichts."

„Dieses Mädchen hat nichts, was ich nicht auch habe."

„Das ist kein Wettbewerb, Michelle."

„Dann erkläre mir deine Gründe!"

„Das kann ich nicht. Es ist einfach so passiert. Ich wollte das nicht einmal."

„Du wollest das nicht?", wiederholt sie aufgebracht. „Wie tröstend! Glaubst du etwa, dadurch wird es weniger schlimm für mich?"

„Ich bin von der Entwicklung genauso überrascht worden wie du."

Sie wirft mir einen langen, forschenden Blick zu. „Es scheint dir wirklich ernst zu sein", stellt sie fest.

Ich nicke.

„Verdammt, Alexander!“ Mit hängenden Schultern geht sie zum Bett und streift sich die Strickjacke über.

„Mir tut das alles so leid“, sage ich leise.

„Und mir erst.“

Ich kann sehen, dass sie fröstelt.

„Ich habe gedacht, das mit uns, das könnte klappen“, murmelt sie, mehr zu sich selbst als zu mir. „Ich habe wirklich geglaubt, mit dir jemanden gefunden zu haben, der genau das will, was ich will.“ Sie hebt den Kopf und lächelt traurig. „Leider falsch gedacht!“

„Bitte entschuldige, wenn ich ...“

„Schon gut!“, winkt sie ab. „Es war ganz allein mein Fehler, mehr in unsere Beziehung hineinzuinterpretieren, als tatsächlich vorhanden war.“

„Wie kann ich ...“

„Du kannst gar nichts mehr tun“, unterbricht sie mich erneut. „Außer, mich jetzt allein zu lassen und mich bei deiner Familie zu entschuldigen. Ich werde packen und dann verschwinden.“

„Darf ich dich wenigstens in ein paar Tagen mal anrufen und fragen, wie es dir geht?“

„Nein, das darfst du nicht. Wenn schon, dann ziehen wir einen echten Schlussstrich.“

Ist vielleicht auch besser so. „Dann bleibt mir wohl nur noch, dir Lebwohl zu sagen.“

Sie nickt.

Ich fühle mich mies und weiß nicht so recht, warum. Schließlich habe ich nur etwas beendet, das sowieso zum Scheitern verurteilt war. Was hat

Michelle vorhin gesagt? *„Ich habe wirklich geglaubt, mit dir jemanden gefunden zu haben, der genau das will, was ich will."*

Auf Dauer ist so ein Wunsch keine Basis für eine Beziehung.

Trotzdem: Ihr Kummer lässt mich nicht kalt.

Doch ich weiß, dass sie Mitgefühl hasst. Also wende ich mich ab. Als ich an der Tür bin, ruft Michelle mich noch einmal zurück. „Alexander?"

„Hm?"

„Was wirst du jetzt tun?"

„Willst du das wirklich wissen?"

„Ich kann es mir denken. Ich wollte nur, dass du es laut aussprichst."

„Ich werde jetzt duschen und dann zu Sina gehen." Obwohl ich immer noch ein schlechtes Gewissen Michelle gegenüber habe, kann ich es auf einmal gar nicht mehr erwarten, Sina zu sehen.

„Na dann, viel Glück!", wünscht mir Michelle in heuchlerischem Tonfall. „Du kannst es brauchen."

„Wie meinst du das?"

Der kurze Moment der Schwäche ist vorüber, jetzt wirkt sie wieder wie sie selbst – kühl und selbstsicher. Ihr überhebliches Lächeln gefällt mir nicht.

„Nun, deine kleine Bäckerin ist vorhin mit verheultem Gesicht in ein Auto gestiegen und davongefahren."

„Was?" Ich laufe zum Fenster und schaue hinaus. Natürlich ist nichts mehr zu sehen.

„Eine rothaarige Frau hat sie abgeholt. Sie und ihr Gepäck."

„Wann?“

„Bevor du ins Zimmer gekommen bist.“

„Mist!“

Ich lasse Michelle stehen, stürme die Treppen hinab und reiße die Haustür auf.

„Sina!“, brülle ich, obwohl ich weiß, wie sinnlos das ist.

Sie kann mich nicht hören, sie ist weg. Hat einfach alle meine schönen Pläne für den heutigen Tag über den Haufen geworfen.

Ich habe keine Ahnung, warum.

Aber ich werde es herausfinden!

Kapitel 17

Glückskekse

Sina

Den Rest des Montags verbringe ich in meiner Backstube, schließlich müssen alle Waren für den Wochenstart wieder frisch zubereitet werden.

Auch am Dienstagmorgen bin ich noch gut beschäftigt. Ich fahre zum Großmarkt, räume Kühlung und Vitrine ein und öffne dann pünktlich um sechs Uhr mein Geschäft.

Ellie weicht die ganze Zeit nicht von meiner Seite. Gelassen erträgt sie meine gelegentlichen Heulkrämpfe, hört sich geduldig jede meiner

Geschichten an und spart auch nicht mit guten Ratschlägen.

„Vergiss ihn!" ist der Satz, den ich am häufigsten von ihr zu hören kriege.

Wenn das nur so einfach wäre!

„Und wenn er wieder in den Laden kommt?"

„Dann ist er ein gewöhnlicher Kunde, mehr nicht. Sieh das doch endlich ein!"

Wie denn?

Alles, was ich tue, erinnert mich an Alexander.

„Das reicht jetzt", meint Ellie, als ich beim Auspacken eines Restepostens mit Schokohasen erneut zu weinen beginne. „Lass mich das mal machen!"

Sie schiebt mich zur Seite und leert den Karton in einen großen Weidenkorb, der auf dem Tisch vor dem Sofa steht.

„Da sind noch frische Blumen als Deko", murmele ich und deute auf eine Vase mit frischen Tulpen. Ellie stellt sie neben den Weidenkorb.

„Warum starrst du Löcher in die Luft?", fragt sie dann und schiebt mich hinter die Theke. „Du musst noch die Tafel beschriften. Los!"

Gehorsam besorge ich Kreide, klettere auf die Leiter und beginne zu schreiben.

„Käsekuchen mit Kirschen und Streuseln – 3 nehmen, 2 bezahlen!"

Die Tür klappert, doch ich drehe mich nicht um. Ellie ist ja da, um den Kunden zu bedienen. Ich wundere mich nur, dass sie den Neuankömmling nicht sofort begrüßt.

„Neu im Angebot: Glückskekse - 100 Gramm für 2,99 Euro!“

Es bleibt weiterhin still im Laden, aber das ist nicht weiter ungewöhnlich. Vermutlich muss der Kunde sich zuerst das Angebot anschauen.

„Alle Osterartikel minus 50%!“

Ellie stößt ein gut vernehmliches, missbilligendes Schnaufen aus.

„Gelten die fünfzig Prozent auch für Schokohasen?“, fragt gleichzeitig eine Stimme.

Alexanders Stimme!

Mir fällt fast die Kreide aus der Hand.

Rasch drehe ich mich um.

Er steht mitten im Laden und hat den Weidenkorb in der Hand. „Falls ja, kaufe ich sie alle.“

Ellie murmelt irgendetwas Unfreundliches und nimmt ihm den Korb ab. „Darf es sonst noch etwas sein?“, fragt sie.

„Ja.“ Er nickt und lächelt vorsichtig in meine Richtung. „Aber dazu brauche ich Sina.“

„Sina kann jetzt nicht.“ Ellie stellt sich so geschickt vor die Theke, dass Alexander keine Chance hat, zu mir durchzukommen. „Sie ist gerade schwer beschäftigt.“

„Mit Schreiben?“ Noch einmal bekomme ich ein schüchternes Lächeln ab.

„Unter anderem“, sagt Ellie. „Gewöhnen Sie sich schon mal daran! Ab jetzt werde *ich* Sie bedienen.“

Alexander runzelt die Stirn. Erst jetzt fällt mir auf, dass er gar keine Bürokleidung trägt, sondern in Jeans und Pulli gekommen ist.

„Warum?“, will er wissen, eher an mich als an Ellie gewandt.

Doch es ist wieder Ellie, die antwortet. „Weil Sina ein wenig Abstand braucht. Das war alles zu viel für sie.“

„Ja, ich weiß.“ Da er an Ellie nicht vorbeikommt, tritt Alexander vor die Theke und schaut zu mir auf. „Bitte, Sina! Kann ich mit dir reden?“

Seine blauen Augen leuchten erwartungsvoll.

Ich muss mich dringend festhalten und taste nach dem Griff der Leiter. Dann setze ich mich vorsichtig auf die oberste Stufe.

„Wozu?“, will Ellie wissen.

Zum Glück stellt sie die richtigen Fragen, und ich habe auch kein Problem damit, dass sie diese Unterhaltung für mich übernommen hat. Ich würde nämlich gerade vor lauter Schreck und Verwirrung sowieso kein einziges Wort herausbringen.

Niemals hätte ich gedacht, dass Alexander sich wieder in meinen Laden traut. Was will er hier? Mir doch noch das Geld fürs Kochen geben? Oder einfach nur Kuchen kaufen?

Und wo ist Michelle?

„Müssen Sie nicht mal nachgucken gehen, ob in der Backstube was anbrennt?“ Alexander hat sich wieder zu Ellie umgedreht.

Aber die lässt sich nicht so einfach einschüchtern. „Wenn ich *Sie* mit *ihr* allein lasse, passiert der größere Schaden garantiert hier vorne.“

„Herrgott, ich will doch nur mit ihr reden!“

„Ist schon gut, Ellie.“ Meine Stimme zittert, aber die beiden haben mich trotzdem verstanden.

Ellie wirft mir einen langen, bedeutungsvollen Blick zu. „Sicher?“

Ich nicke.

„Wenn du mich brauchst, einfach rufen!“ Sie stellt den Weidenkorb mit den Schokohasen auf die Theke und verschwindet widerwillig Richtung Backstube.

Ich bleibe, wo ich bin, und schaue auf Alexander hinab.

„Geht es dir gut?“, will er wissen.

„Nein.“ Mit rot geweinten Augen ist Lügen zwecklos.

„Wieso bist du gestern Morgen so schnell verschwunden?“

„Ich stehe nicht auf lange Abschiedsszenen.“

„Wer spricht denn von Abschied?“

„Ich.“

„Warum?“

„Weil ... ich ... ich glaube, ich kann das nicht.“

„Was kannst du nicht?“

„Na ja ... alles.“

„Was heißt denn alles?“ Er kommt näher und steht jetzt direkt vor der Leiter. „Herrje, Sina! Muss ich dir heute eigentlich jedes Wort aus der Nase ziehen?“

„Ich ertrage es nicht, sie an deiner Seite zu sehen“, bricht es aus mir heraus.

„Wen?“

„Michelle.“ Plötzlich kommen die Tränen.

„Michelle“, wiederholt er.

Nicht überrascht oder unangenehm berührt, sondern irgendwie ... zufrieden. Ich habe sogar den

Eindruck, er kann sich ein kleines Lächeln nicht verkneifen.

Was soll das alles?

Ich will ihm gerade sagen, dass ein weiteres Gespräch sinnlos ist, als er sein Telefon hervorholt und eine Nummer eintippt.

„Hallo? Mama?“

Ich höre Renates Stimme am anderen Ende der Leitung, kann aber nicht verstehen, was sie entgegnet.

„Du hattest recht. Sina *ist* eifersüchtig auf Michelle“, fährt Alexander fort. „Was soll ich denn jetzt machen?“

Renate sagt irgendetwas.

„Du meinst, ich soll ihr erzählen, dass ich mich gestern von Michelle getrennt habe? Gute Idee!“ Lächelnd blickt er zu mir auf. „Ich könnte auch noch hinzufügen, dass *sie* der Grund für die Trennung war, was meinst du?“

„Wie bitte?“, frage ich entgeistert, aber er beachtet meinen Einwand gar nicht, sondern spricht weiter mit seiner Mutter.

„Und dann werde ich ihr noch gestehen, dass ich viel lieber mit ihr zusammen sein möchte als mit jedem anderen Menschen auf dieser Welt.“

Ich kann kaum glauben, was ich gerade höre. Sitze wie versteinert in luftiger Höhe und lausche. Und bin mir auf einmal sehr sicher, dass Alexander dieses Gespräch genau so geplant hat, wie es jetzt gerade abläuft ...

Jetzt könnte ich schon wieder heulen!

Dieses Mal aber vor Glück.

„Wie? Das ist nicht romantisch genug ausgedrückt, sagst du? Dann fällt mir nur noch eine Sache ein. Aber das erledige ich lieber ohne Zeugen."

Er drückt das Gespräch weg, legt das Telefon zur Seite und greift mit den Händen links und rechts an die Leiter. „So! Jetzt kannst du mir wenigstens nicht mehr weglaufen", sagt er leise zu mir.

„Und *das* soll romantischer sein?", entgegne ich mit gespielter Entrüstung. „Das musst du aber noch üben, mein Lieber!"

Vorsichtig klettere ich die Leiter hinab und bleibe auf der untersten Stufe stehen. Jetzt begegnen wir uns auf Augenhöhe. Immer noch liegen seine Hände links und rechts von mir – das ist fast schon so gut wie eine kleine Umarmung!

„Natürlich habe ich noch einen besseren Text", flüstert er. Langsam kommt sein Gesicht näher.

„Nämlich?", hauche ich erwartungsvoll.

„Ich habe nachgerechnet", beginnt er. „Es waren genau zwei Jahre, einen Monat und elf Tage. So lang habe ich dich jeden Morgen gesehen, aber leider immer ignoriert. Und dann, als ich dich endlich richtig kennenlernen durfte, hat es keine fünf Minuten gedauert, und ich habe mich in dich verliebt."

Verliebt hat er gesagt!

Verlegen schlage ich die Augen nieder. Mein Herz klopft wie verrückt, und ich hoffe inständig, dass nicht ausgerechnet jetzt ein Kunde hereinkommt.

Überhaupt – wo sind die eigentlich heute alle?

Irritiert schaue ich zum Fenster hinaus.

„Ist was?" Alexander hat meinen fragenden Blick bemerkt.

„Nichts Schlimmes", versichere ich ihm. „Ich wundere mich nur, wo die Leute bleiben. Um diese Zeit wird es normalerweise langsam voll im Laden."

„Ich fürchte, mein Bruder leistet ganze Arbeit." Er lächelt schuldbewusst und deutet nach draußen, wo Jonathan vor der Tür steht und die Kunden abwimmelt. Kim ist natürlich an seiner Seite und fotografiert die Auslagen im Schaufenster. „Keine Angst! Er erzählt ihnen nichts Schlimmes. Nur, dass wir hier gerade eine Erste-Hilfe-Übung simulieren müssen."

„Wo kommen denn die beiden so plötzlich her?"

„Sie sind mit den anderen gefahren."

„Den anderen?"

Alexander nimmt sein Telefon und tippt erneut eine Nummer ein. „Ihr könnt euch zeigen" ist alles, was er sagt. Dann steckt er das Handy in seine Hosentasche.

Kurze Zeit später tauchen neben Kim und Jonathan auch noch Renate, Jörg, Oma Trudi, Nora, Tom und die Kinder vor dem Schaufenster auf. Alle winken fröhlich ins Geschäft hinein.

„Sie haben darauf bestanden, mich zu begleiten."

„Warum?"

„Sie glauben, dass ich die Sache mit dir allein nicht geregelt kriege." Alexanders Hände lassen die Leiter los und legen sich um meine Taille. „Und sie finden sowieso, dass es eine Familienangelegenheit ist. Am liebsten würden sie dich nämlich adoptieren."

„Da würde ich nicht Nein sagen", murmele ich und winke gerührt zurück.

Kurz darauf sind alle auch schon wieder verschwunden. Nur Jonathan steht immer noch vor der Tür, dreht uns aber diskret den Rücken zu.

Alexander atmet auf. Dann beugt er sich vor, und der Druck seiner Hände auf meinem Rücken verstärkt sich.

„Wo waren wir gerade?“, raunt er mir ins Ohr.

„Wir müssen eine Erste-Hilfe-Übung simulieren.“

„Nichts leichter als das …“ Seine Mund schwebt nur Zentimeter über meinem.

„Warte!“ Ich schiebe eine Hand zwischen unsere Lippen.

„Was ist denn jetzt noch?“, stöhnt er.

„Wir haben etwas Wichtiges vergessen.“

Ich schiebe mich an ihm vorbei und greife in den Korb mit den Schokohasen. Er grinst, als er versteht, was ich vorhabe, und lässt sich bereitwillig mit der Schokolade füttern. Auch für mich selbst wickele ich einen Hasen aus der bunten Goldfolie.

„Fertig?“, will er wissen. Seine Stimme klingt sanft und rau zugleich – ein einziges Versprechen.

Ich nicke.

„Wurde aber auch Zeit!“

Er schlingt seine Arme um mich und zieht mich an sich.

Ich schließe die Augen.

Warm streift sein Atem über meine Stirn.

Und dann – endlich! – finden sich unsere Lippen.

Vorsichtig zuerst, dann aber immer stürmischer.

Es wird der längste, intensivste und schönste Schokohasenkuss der Welt …

Double Chocolate Muffins

125 g Bitterschokolade 70%
125 g Butter
2 Eier
200 g Zucker
125 g Sauerrahm
125 ml Milch
200 g Mehl
50 g Kakaopulver
1 P Backpulver
½ TL Natron
1 Prise Salz
Je 100 g Zartbitter- und Vollmilch-Schokoladenchips

- Ofen vorheizen
- Bitterschokolade und Butter schmelzen
- Eier und Zucker cremig schlagen, Sauerrahm und Milch unterrühren
- Mehl, Kakao, Backpulver, Salz und Natron vermischen
- Mehlmischung mit Buttermischung und Eimasse verrühren, Schokoladenchips dazugeben
- Muffinform zu ¾ füllen und backen

Backzeit: 20–25 Minuten bei 180 Grad im Heißluftherd

Vielen Dank an Rosi Kreitlein für dieses tolle Rezept!